27

Kim Frank

27

Romance

Tradução do alemão de
Eduardo Simões

TORDSILHAS

Originally published under the title *27*

Copyright © 2011 by Rowohlt Berlin Verlag GmbH, Berlin

Copyright da tradução © 2011 by Tordesilhas

Todos os direitos reservados. Nenhuma parte desta edição pode ser utilizada ou reproduzida – em qualquer meio ou forma, seja mecânico ou eletrônico –, nem apropriada ou estocada em sistema de banco de dados, sem a expressa autorização da editora.

O texto deste livro foi fixado conforme o acordo ortográfico vigente no Brasil desde 1º de janeiro de 2009.

TÍTULO ORIGINAL *27*
EDIÇÃO UTILIZADA PARA ESTA TRADUÇÃO Kim Frank, *27*, Reinbeck bei Hamburg, Rowohlt, 2011
REVISÃO Claudia Abeling e Ana Maria Barbosa
PROJETO GRÁFICO Kiko Farkas e Thiago Lacaz/Máquina Estúdio
CAPA Barbara Hanke
ILUSTRAÇÃO Jonas Lauströer

1ª edição, 2011

Dados Internacionais de Catalogação na Publicação (CIP)
(Câmara Brasileira do Livro, SP, Brasil)

> Frank, Kim 27 / Kim Frank ; [traduzido por Eduardo Simões]. --
> São Paulo : Tordesilhas, 2011.
> Título original: 27.
> ISBN 978-85-64406-17-9
> 1. Ficção alemã I. Título.
>
> 11-10689   CDD-833
>
> Índice para catálogo sistemático:
> 1. Ficção : Literatura alemã 833

2011
Tordesilhas é um selo da Alaúde Editorial Ltda.
Rua Hildebrando Thomaz de Carvalho, 60
04012-120 – São Paulo – SP
www.tordesilhaslivros.com.br

Sumário

27   7
Sobre o autor e o tradutor   215

27

Para Walter Welke, nascido Thielsch

O verão está quente, mas quase não me dou conta. Eu me levanto quando anoitece, e vou para a cama quando o sol nasce. Eu não sei o que fazer da minha vida. Eu como Cornflakes, fico vidrado diante da TV, me masturbo cinco vezes ao dia. Aquilo que a gente costuma fazer quando não faz nada. Todo mundo tem planos: ir para a universidade, fazer um estágio, passar um ano no exterior, prestar o serviço militar, ganhar dinheiro de alguma forma. Eu não. No fundo eu nunca fui além da fase infantil dos meus planos para o futuro. Bombeiro, veterinário, policial, talvez até mesmo advogado ou corretor da Bolsa de Valores. Mas, para ser sincero, eu simplesmente não me animo com nada. Nem mesmo com o verão. Por isso tento me esquivar dele sempre que possível. Eu estou sozinho em casa. Não tenho irmãos, não conheço meu pai, e minha mãe está em um congresso qualquer de medicina. Como sempre, para falar a verdade.

    Estou sentado na cozinha encarando a tigela do café da manhã vazia diante de mim sobre a mesa, quando de repente meu coração para. Por um momento o silêncio reina absoluto. Tenho a sensação de que vou cair. Eu vou morrer. Aqui e agora. Mas daí meu coração volta a pegar com a bateria trovejando, e o resto da banda começa a tocar. Meu coração acelera. O volume está no máximo. Minha pulsação quase esmigalha minha cabeça. Tem um show de *heavy metal* acontecendo dentro de mim, e eu sou o único espectador. Faz calor no clube. Suor frio escorre pela minha testa. O melhor era eu sair daqui correndo. Para longe dessa barulheira. Pegar um ar fresco.

    Um *riff* fora do ritmo, depois uma breve pausa e o volume novamente no máximo. Meu coração parou pela segunda vez. Talvez esta já seja a segunda estrofe, daí viriam ainda apenas um refrão e o trecho do meio, até que a música finalmente se dissipe. Mas os caras no palco estão dando tudo de si, como se estivessem tocando diante de milhares de pessoas. Eu entro em pânico. Vão me encontrar com a cabeça sobre a mesa, dentro de uma poça de leite. O pacote de Cornflakes como única e muda testemunha de minha morte para lá de precoce.

Mas eu não quero morrer ainda. Eu não posso morrer ainda. Eu ainda nem transei. Como era mesmo aquilo? O cara que criou o Cornflakes, um médico qualquer, não havia feito sexo nem uma vez em toda sua vida. Portanto, logo eu vou entrar para a história como virgem eterno na ótima companhia do dr. Kellogg. Mas o cara pelo menos realizou algo, diferentemente de mim. Afinal, a última ceia de um cara qualquer de dezoito anos terá sido sua invenção. Se eu sobreviver, prometo que vou realizar o sonho da minha vida. Não sei bem qual é, mas vou descobrir. E prometo que vou finalmente falar com a garota dos meus sonhos eróticos. Vou sair com ela! Marie.

Imediatamente a vejo diante de mim, o jeito como ela corre atrás da bola de futebol na aula de educação física. Eu me esqueci das minhas coisas de propósito, mais de uma vez, para poder assistir ao espetáculo do banco de reservas. Suas pernas lisas e esguias, sua bunda na *legging* apertada, seus peitos dançando, sua nuca suada debaixo dos cabelos louros. Em momentos assim eu daria tudo para ter um *replay* em câmara lenta, como na televisão. Embora a gente já estivesse na mesma turma havia anos, essa garota do tipo amiga me chamou a atenção apenas seis meses antes de terminar o colégio. Ela provavelmente se surpreendeu tanto quanto eu com seu desenvolvimento tardio e acelerado. Parece que aconteceu em apenas duas semanas durante as férias inverno. De repente, no lugar de uma coisa andrógina tirando meleca do nariz, está a garota mais bonita do colégio. Ela prendeu os cabelos em uma trança apertada e passou rímel nos cílios dos olhos azuis. Sob a blusa branca nova transparece um sutiã, igualmente branco, com umas rendinhas, que acolhe seus seios impressionantemente grandes e acima da média para o pouco tempo que tiveram para amadurecer. Sua risada mudou, seu modo de andar mudou, e ela começou a fumar. Tudo nela grita por "sexo!".

Eu limpo o suor da minha testa e checo meus batimentos com dois dedos sobre o pulso. Eles desaceleraram. A banda deixou o palco. Eu com certeza não vou pedir bis.

Fico sentado ali por alguns minutos, me colocando perguntas bem objetivas (na minha opinião): O que foi isso? Eu estou doente? Isso só acontece uma vez? Vai acontecer de novo? Na próxima vez o meu coração vai esmorecer para sempre? Eu quase morri, disso estou convencido. E foi completamente sem motivo. Não sou nem obeso nem viciado em drogas, não estou lutando em nenhum fronte de guerra, não pratico esportes radicais. Só atravesso a rua quando o sinal está verde, como todas as minhas verduras, sempre que elas aparecem no cardápio – o que é raro, para ser sincero. Nunca transei sem camisinha, não vivo num lugar onde reina a fome ou que seja assolado por catástrofes naturais. A internet e o telefone são vigiados, há câmeras nos espaços públicos, e nossa casa tem sensores de movimento. Eu definitivamente não pertenço a um grupo de risco de nenhuma espécie. Pode-se dizer que minha vida não é ameaçada por nada e que eu vou chegar, sem dúvida, à idade média europeia de setenta anos. No entanto, meu coração, esse pedaço de tecido muscular do tamanho de um punho em meu peito, parece ter outra opinião. Há algo de errado comigo, isso é evidente.

E agora, o que fazer? Faço a única coisa que no momento me parece lógica. Aquilo que se espera de uma pessoa bem-educada do mundo ocidental: ligo para a emergência.

"Emergência", diz uma voz masculina monótona.

"Alô, eu preciso de uma ambulância, tem algo de errado com meu coração."

"Você perdeu a consciência?"

"Não."

"Qual sua idade?"

"Dezoito."

"Então peço que você procure seu cardiologista."

"Mas hoje, agora há pouco... meu coração... ele simplesmente parou!"

"Por favor, entre em contato com seu cardiologista. Você está consciente e pode falar, de modo que eu infelizmente não posso mandar nenhuma ambulância nesse caso."

"Mas se eu estivesse inconsciente e não pudesse mais falar, então não poderia ligar de jeito nenhum."

"Me desculpe, rapaz."

A ligação foi interrompida.

Que tipo de lógica é essa, por favor? Eu tenho de ligar de novo quando estiver a caminho dos portões do céu, daí talvez eles mandem alguém que me acompanhe? Cara, meu coração apagou! Ele simplesmente parou. Como se as baterias estivessem descarregadas. Meu corpo provavelmente já estaria cheirando mal quando minha mãe o encontrasse, ao voltar pra casa. A rigidez mórbida teria me congelado sentado e o agente funerário teria de quebrar minhas pernas para conseguir me colocar no caixão. Minha mãe choraria copiosamente durante o enterro, mas fora isso... ainda viria alguém, exceto o padre e os coveiros? Alguém da minha antiga turma do colégio estaria lá? Quem sabe até mesmo a garota dos meus sonhos? Que imbecilidade. Ela sequer sabe da minha existência, e se soubesse, e se no mais improvável dos casos ela alimentasse sentimentos secretos por esse cara magro de pele pálida, ela certamente já estaria a caminho da Austrália, para um ano de trabalho voluntário entre cangurus e coiotes, ou na África, para dar aulas de geografia a crianças infectadas pelo vírus da Aids. De qualquer jeito, ela tem mais o que fazer do que me acompanhar em minha última jornada. Exatamente como meu pai. Suponhamos que minha mãe contasse a ele, por que ele deveria repentinamente se interessar por mim após a minha morte, se eu não tinha importância enquanto vivo? Seria um funeral deplorável. Como o do meu tio.

Eu não posso na verdade me lembrar, era ainda muito pequeno, mas é o que minha mãe diz. Ela diz que todos seus hipócritas amigos bichas estiveram lá, mas tinham chorado apenas por si mesmos. Eles tinham medo de terminar como ele.

Meu tio. Quando foi que eu pensei nele pela última vez? Eu nunca visitei seu túmulo, e desde sua morte tampouco voltei ao seu quarto, debaixo do telhado.

Pego de novo o telefone. Daí ligo para minha mãe. Para o meu espanto ela atende logo o celular. Tento soar tranquilo. Ele não deve se preocupar.

"Oi, mãe."

"E aí, querido, está aproveitando seu tempo livre?"

"Bem, sabe o que é, estou me sentindo de certo meio... sozinho."

Ela faz uma pausa considerável.

"Mãe, estou com alguma coisa."

"Mika, que afirmação mais vaga. É algo físico ou psíquico?"

"Acho que tem algum problema com meu coração."

"Com seu... Mika, agora estou ficando preocupada. O que aconteceu?"

"Então, ele... ele simplesmente parou, depois começou a acelerar."

"Querido, você usou drogas?"

"Não, mãe. Simplesmente aconteceu. Eu estava sentado bem calminho, tinha acabado de me levantar."

"E agora, como você está se sentindo?"

"Eu estou com medo."

"Tudo bem. Eu vou ligar imediatamente para o hospital. Marieann deve estar trabalhando. Pegue um táxi, vá direto para lá e me ligue assim que saírem os resultados, o.k.?"

"Vou fazer isso."

"Bom, meu filho, você sabe, eu estou nesse congresso e tenho de desligar."

"Sim, tudo bem."

"Se cuide, eu te amo."

Ela diz isso toda vez. Exatamente as mesmas palavras, o mesmo tom. Ela reproduz como se fosse uma mensagem gravada.

"Eu também", sigo a regra.

O táxi chega depois dos prometidos cinco minutos. Está tocando uma besteira dançante qualquer no rádio. Uma marcha em compasso a quatro tempos, sobre a qual uma voz feminina horrível canta repetidamente o mesmo verso: "Live your dream!". O resto da letra é bem previsível. Quer me convencer de que eu posso tudo, contanto que eu queira. Provavelmente quem está cantando, na verdade, é uma cantora negra gorda de estúdio, enquanto no palco quem se apresenta é uma dançarina contratada que mostra como consegue mover seus lábios, algo que ela também deve fazer vez ou outra quando passa a noite com seu chefe na gravadora, para que não seja simplesmente substituída. Ele chama isso de reunião de marketing. Eu tenho de pensar na sua xoxota misteriosa no shortinho minúsculo – live your dream! –, mas seu mantra monótono me deixa nervoso.

"Com licença, o senhor se importaria de desligar o som?" Afinal, eu estou a caminho do hospital. Não estou a fim de dançar. Mas o cara se irrita.

"Vocês, jovens, não sabem o que querem. É por causa de vocês que essa merda toca no rádio. Mas, por favor, se isso não agrada a você..."

Ele desliga o som com um gesto dramático e com isso acaba toda e qualquer comunicação; em todo caso, eu prefiro assim. Sim, faz calor, e na política só tem ladrão. A quem interessa o que não se pode mudar? Live your dream!

Qual é meu sonho? Eu posso conseguir tudo, contanto que eu queira, mas eu não consigo nada e, no momento, eu não quero nada também. Acho que alguém deveria fazer uma música assim. Exatamente o contrário dessa filosofia-de-dona--de-casa. Não posso nada, pois não quero nada. Não sei nada, pois sou nada. No fundo também é isto que a sociedade nos diz: temos de encontrar nosso lugar e contribuir, pagar impostos, ter filhos, comprar uma casa, contratar seguros inúteis. E daí então calar a boca, por favor. Live your dream!

Nós paramos no sinal vermelho. Os pedestres atravessam a rua, enquanto os carros aguardam numa boa. O trânsito, por exemplo, só funciona porque todos mantêm a ordem. Eles seguem as regras. Todo mundo confia que ninguém vai quebrá-las. Pois se alguém dançar fora do ritmo pode haver feridos ou até mesmo mortos. Sinto uma rejeição, de repente. A sensação clara de que eu não quero pertencer àquilo. De que eu não posso pertencer àquilo. E como era mesmo aquele lance, se eu quiser algo, então... Resumindo, não quero.

Nós finalmente chegamos. Eu conheço o hospital. Às vezes eu vinha aqui depois da aula para almoçar com minha mãe na cantina. Mas minha mãe quase sempre se atrasava devido a uma emergência ou complicações na sala de cirurgia. Então eu ficava sentado sozinho em alguma cadeira de plástico amarelado, em uma das mesas de plástico, diante de mim uma bandeja de plástico com um prato de plástico e uma coisa qualquer para comer, tão insossa quanto o plástico.

A clínica é composta de dois edifícios, um mais velho, outro mais novo, sendo que o mais novo não fica devendo nada em termos de feiura ao mais velho, construído nos anos 1950. Porém, seus quinze andares, com teto plano e fachada de vidro formam uma vista impressionante, que quase dá a sensação de estarmos numa cidade grande.

Diante da entrada principal estão alguns zumbis de chinelos e roupões felpudos, fazendo o cinzeiro transbordar. Alguns estão em cadeiras de rodas ou têm um tubo pendurado em seus braços, que por sua vez está ligado a uma bolsa. Ninguém diz nada, algo que também seria impossível, dadas a regularidade e intensidade com que fumam seus cigarros. Como se suas vidas dependessem da brasa ardente, ou como se a fumaça que flui em seus pulmões fosse a única prova de que eles ainda estão vivos. Eu prendo a respiração à medida que tento encontrar meu caminho através da névoa de nicotina. Se alguém tem vírus, é certamente aí que eles são expectorados.

Passo pela porta giratória e volto a respirar. Logo os meus pulmões se enchem com essa atmosfera artificial, asséptica. O elevador me leva ao sétimo andar. Sigo as placas até a unidade 7c. Depois que eu aciono o interruptor na parede, a pesada porta corta-fogo se abre automaticamente. À minha direita, vejo uma freira atrás do vidro de uma pequena sala. Ela está telefonando e balbucia um silencioso "um momento, por favor". A cor escura de sua pele se acentua com o contraste da camisa polo branca. Seu leve sotaque denuncia que ela provavelmente vem da Turquia. Minha mãe certa vez me contou que o hospital incentiva a contratação de freiras imigrantes, pois isso facilita muito a comunicação com os pacientes que não dominam a língua local.

"Como posso ajudá-lo?", ela pergunta de modo afável, depois que termina a ligação.

"Eu tenho uma consulta, minha mãe acaba de marcar. Doutor..."

"Você deve ser Mika."

"Sim, exatamente."

"O.k., por favor, sente-se ali no canto por um instante."

Eu agradeço e sigo na direção que ela me indicou.

Na parede ao longo do corredor estão as cadeiras de plástico que me são tão familiares. Em uma delas está uma senhora de mais idade, olhando a parede verde-menta a sua frente. Eu me sento de modo natural na cadeira mais distante dela. Isso já foi comprovado, eu já vi na televisão. A gente sempre procura o lugar mais solitário para ficar.

Daí me dou conta de um homem que fica andando para lá e para cá no fim do corredor, sem parar. Ele está ao telefone e entretém toda a unidade com sua voz vigorosa.

"Bom, então temos de atrasar o lançamento em duas semanas. Sim, do dia 28 para o dia 12. As novas ilustrações já estão prontas? Bom, eu dou uma olhada quando voltar ao escritório. Não, pode deixar comigo. Sim, vou ligar já para ele."

Ele desliga e faz outra ligação, e aí a coisa continua. Ainda mais alto do que antes, mas num tom consideravelmente mais amigável.

"Gregory, meu querido, eu te acordei?"

Já passa das cinco da tarde.

"Ótimo. Gregory, escute. Boas-novas: conseguimos um lugar no show. Sim, exatamente. Eles estão mais do que entusiasmados e querem você a todo custo. Eu te disse. E tem mais: conseguimos uma data perto do lançamento. Não, mudamos para o dia 12. Você não sabia ainda? Não diga que você ainda achava que seria no dia 28? Não, não, meu querido, já mudou faz tempo. Sim, e você já viu a nova ilustração? Pois é, eu achei fantástica. O.k., então eu vou te encaminhar já, mas acho que é isso. Bem, um dia maravilhoso para você."

A porta do consultório 2 se abre e a médica vem para o corredor.

"Senhor Goldmann, sua vez!"

O homem coloca o celular no bolso da calça de seu elegante terno de tweed. Apesar dos trinta graus à sombra que imperam do lado de fora, ele está todo enfatiotado: camisa, colete, gravata, paletó e calça social. Os sapatos de couro marrom-claro polidíssimos fazem barulho no piso de linóleo, enquanto ele se encaminha, de um jeito meio pesado, em direção à porta aberta. Ele tem uns quilos a mais, que claramente o atrapalham no calor e com o tecido pesado.

"E o senhor bem sabe, senhor Goldmann, que não é permitido usar celular aqui."

Ele lança para ela um olhar de desculpas por sobre seus altivos óculos com armação de chifre, que repousam sobre um nariz ainda mais altivo.

"Por favor, me desculpe, doutora, mas era minha querida mãe. Ela não está passando bem por causa do calor. Mas espero que os senhores estejam ótimos. Tenham todos um bom dia."

Na verdade, a última coisa ele diz para nós. Portanto para mim e para a velha senhora, ou, melhor dizendo, para o corredor. Mas ele parece claramente ter se referido a nós.

Que cena mais estranha.

Pouco tempo depois a doutora volta para o corredor.

"Mika, me acompanhe, por favor."

Eu me levanto e a sigo em direção à sala de consulta.

A sala é mobiliada de maneira espartana. Um computador sobre uma mesa estreita na parede. Uma grande caixa com botões e monitor. Uma dessas típicas macas clínicas desconfortáveis e sempre frias, forradas com couro sintético.

"Tire toda a roupa exceto a cueca e deite-se aí. Você pode colocar suas coisas ali." Ele se refere a uma cadeira no canto da sala.

Eu imediatamente tenho essa sensação desagradável que me dá quando vou ao médico. O que ela vai me dizer. Algo ruim? Afinal, ela sempre vê coisas cujos nomes nem conheço. No entanto, a médica não vai me examinar.

"Sua mãe me telefonou e disse que havia algo de errado com seu coração. Agora vamos fazer alguns exames", ela está explicando, quando a porta se abre de repente e uma freira mais velha e extremamente atlética entra na sala. Ela me vê deitado seminu sobre a cama gelada, acena afirmativamente com a cabeça para a médica e começa de imediato seu trabalho. Sem "olá, eu sou a irmã fulana de tal", sem perguntas sobre o que aconteceu exatamente, sem absolutamente nada. Mera rotina. Enquanto a Miss Mundo Corpo Sarado coloca o aparelho de medir a pressão e começa a colar os eletrodos em meu peito, a doutora se despede.

"A irmã Christel vai fazer os exames e nós nos vemos em uma hora, quando os resultados tiverem saído."

Ela me deixa sozinho com a senhora plena de testosterona, que continua a colar em mim os eletrodos ainda mais gelados por causa do gel. Sete sobre o peito, um em cada pulso, e o décimo sobre o meu pé acima do tornozelo. Depois ela prende um pregador de plástico no meu indicador esquerdo e coloca a máquina ao meu lado. Ela apita algumas vezes, depois aparecem vários números e gráficos em seu monitor. Em questão de segundos essa mulher-macho me conectou com meu novo amigo, o supercomputador. Dozes cabos me ligam ao monstro digital, que agora está medindo quanto tempo de vida eu ainda tenho. Eu preferiria me apresentar: "Bom dia, eu sou Mika, se estiver em seu poder, por favor, cuspa dados positivos, seria realmente ótimo".

De repente o tensiômetro bombeia ao redor do meu braço, até quase esmagar meu braço sem músculos. Eu não posso me defender e deixo escapar um leve gemido de "ai".

A irmã Christel, esse retrato de homem, me olha com surpresa, sem perder, porém, a objetividade.

"O aparelho vai bombear a cada cinco minutos para medir a pressão sanguínea.

"E para que servem todos estes troços colados?"

"Os eletrodos registram sua frequência cardíaca."

"Ah", eu digo, mas tenho a sensação de não ser tão esperto.

Ela tira de uma gaveta um embrulho plastificado e o abre.

"E para que serve este clipe no meu indicador?", pergunto.

"O sensor digital do oxímetro radiografa a ponta do dedo e verifica a oxigenação do sangue." A sra. Anabolizantes soa levemente irritada, mas mesmo assim continua a me explicar os hieróglifos no monitor. "O gráfico mostra a frequência cardíaca. O número abaixo à esquerda é a concentração de oxigênio e, à direita, a pressão sanguínea."

Observo com curiosidade a tela. É óbvio qualquer um dos números não faz realmente nenhum sentido para mim, mas estou impressionado com aquilo que o meu novo amigo parece saber acerca das minhas funções fisiológicas.

De repente, a Miss Mulher-músculo segura três tubinhos cheios de sangue diante do meu rosto. "Vou levá-los pro laboratório. A avaliação deve durar uma hora." E ela deixa a sala.

Enquanto isso, o aparelho de medir a pressão soltou de novo meu braço, e quando eu olho para baixo dele, vejo um acesso à minha veia. Uma estranha coisa de plástico com duas válvulas verdes. Somente então eu entendo: ela tirou de mim os três tubinhos com a seiva de maneira completamente despercebida, enquanto eu assistia na televisão interativa ao programa "Quando você vai morrer?".

"E aqui está nosso convidado de hoje, Mika!"

O público aplaude, enquanto sou empurrado sobre o palco em minha maca, seminu, plugado ao supercomputador.

"Bem-vindos ao programa de perguntas e respostas diferente de tudo que vocês conhecem", prossegue o apresentador, de modo rotineiro. "Aqui não se ganha dinheiro, mas anos de vida, e nas próximas horas apenas uma única pergunta será feita, que é..."

O apresentador balança seu braço como um maestro exagerado, e o público inteiro brada em coro:

"Quando você vai morrer?"

Uma hora. A cada cinco minutos a boia de braço bombeia ao redor do meu braço e tenta me esmagar os ossos. Eu me sinto como Jesus na cruz. Canelas esticadas, preso a esta maca. O intervalo de cinco minutos do tensiômetro me revela que estou há mais de uma hora e meia deitado, quando a irmã Christel, vulgo Miss Christel de Aço, entra novamente na sala. Ela está apressada, e seu penetrante cheiro de suor entrega que ela acabou de estar em uma situação delicada ou que esteve há pouco levantando pesos na academia. Ela verifica todas as conexões, aperta algumas vezes o meu novo amigo e me olha, então, pela primeira vez.

"Meu jovem, não entre em parafuso", ela diz. "Isso acontece."

Ela me desconecta e me entrega alguns lenços de papel para que eu possa limpar o gel do meu peito, daí ela continua: "Isso acontece. Não entre em parafuso". De algum modo, isso soa tranquilizador, como se meu amigo computador tivesse dito algo de bom.

Uma eternidade mais tarde, a doutora finalmente retorna. Passaram-se no mínimo duas horas.

"Então vamos dar uma olhada, Mika", ela diz e se senta à mesa. Eu me sinto como se estivesse numa audiência judicial. Será que vou ser libertado sob fiança? Ou estou ameaçado de morte na cadeira elétrica? Ela estuda algumas listas e os gráficos na tela do computador. Minha própria percepção parece não ser levada em conta aqui. Ninguém me perguntou o que aconteceu, como eu me senti. São os números que contam.

"Então, Mika", ela diz finalmente. "Suas taxas de sangue estão boas, e não foi verificada nenhuma anomalia no funcionamento de seu coração." Ela anota algo. "Porém não devemos ser displicentes com isso."

Não devemos ser displicentes com isso. Pois bem. Eu vou morrer.

"Eu gostaria que você fizesse uma monitoração prolongada do coração. Você vai receber um aparelho chamado Holter. Ele cabe no bolso da calça e é ligado a seu peito através de dois eletrodos. Esse aparelho registra ininterruptamente seu ritmo cardíaco e grava as anomalias. Caso seu coração pare, ele envia automaticamente um chamado de emergência. Sua localização pode ser detectada na central. Após duas semanas, a gente avalia os resultados, e aí teremos mais dados."

Já é noite quando eu saio do hospital. Eu enfio a mão no bolso e tiro meu Holter. Uma caixa pequena e simples sem botões ou monitor. Um cabo fino o liga aos eletrodos em meu peito, invisíveis através da camiseta. O aparelho me lembra um *walkman*, sendo que eu carrego o fone de ouvido no peito e, em vez de tocar música, essa pequena maravilha tecnológica registra o ritmo do meu coração. Eu fico meio orgulhoso com o fato de que essa caixa se interessa pela batida da minha vida e que até mesmo soaria um alarme caso ela parasse.

Uma sensação agradável de segurança me envolve quando eu chego em casa. De todo modo, eu não vou morrer nas próximas duas semanas porque meu coração parou e eu estou deitado inconsciente no chão, sonhando em chamar uma ambulância nesse estado.

Eu nunca havia pensado na morte antes. Por que pensaria? Nós nunca tivemos um animal doméstico, os meus avós, com os quais nós mal temos contato, ainda vivem, e quando meu tio morreu, eu era muito pequeno.

Meu tio.

Quase no automático, eu subo as escadas que levam até seu antigo quarto, logo abaixo do teto. Ele passou seus últimos anos aqui e foi também aqui que ele morreu. Desde então eu não estive mais nesse quarto e, mesmo que eu me esforce, não consigo não consigo me lembrar como ele é.

A porta está destrancada. Eu tateio a parede à procura do interruptor de luz. Um grande lustre dourado ilumina o quarto. O quarto é gigantesco, parece se estender sobre toda a área da casa. Na outra extremidade do quarto, abaixo da única janela, encontra-se uma cama. Uma estrutura clássica de cama de hospital, forrada com uma película transparente. Em todas as paredes, de ponta a ponta, há armários altos de madeira escura maciça. Devem ser mais de vinte. Eu ando até o que está mais perto de mim. Uma chave curvada está enfiada na fechadura. Eu a giro e abro a porta.

Discos. O armário está repleto de vinis. Sobre várias prateleiras, eles estão enfileirados rentes uns aos outros, como as páginas de um livro. Passeio com os dedos ao longo da fileira de cima. Os discos parecem ter sido organizados em ordem alfabética. Leio nomes como Aretha Franklin, e daí Blind Faith e Curtis Mayfield. Atravesso o quarto, acompanhado do ruído atormentador do piso de tábuas.

Por que é que eu não estive aqui em cima por tanto tempo?

Eu abro as portas de outro armário e depois do seguinte. Todos estão cheios de discos. Deve haver mais de dez mil, talvez vinte mil.

Meu tio, irmão de minha mãe, mudou-se lá para casa depois de seu diagnóstico positivo. Como minha mãe voltou a trabalhar logo depois do meu nascimento, ele cuidava de mim até que sua doença se manifestou.

Meu tio tinha um espírito livre. Difícil dizer exatamente qual era sua profissão. Ora ele escrevia para um jornal, daí fotografava de novo ou pintava. Ele viveu o fim dos anos 1960 a todo vapor e assumia abertamente sua homossexualidade. No começo dos anos 1980, quando alguns de seus amigos morreram devido a uma misteriosa deficiência imunológica, ele passou a ser cuidadoso e mudou seu estilo de vida. Tarde demais, como ficou provado.

Eu puxo um disco e olho a capa. Ela tem tons de amarelo e preto. O rosto lateralmente iluminado de um rapaz jovem, com cabelo cacheado escuro, e que fita a câmera com um olhar sombrio, ocupa a maior parte do espaço. Do lado direito de seu rosto, que está completamente na sombra, surge a imagem de três homens, que olham para a câmera. Eles dão a impressão de ser um pensamento dele. Na parte superior da imagem, ocupando toda a largura da capa, há uma ostensiva inscrição em amarelo: The Doors.

O disco está protegido três vezes: primeiro com uma lâmina de plástico transparente, depois com a capa de papelão sombria e, por fim, com um invólucro de papel branco, de onde eu tiro o "ouro negro".

Na verdade, eu só conheço meu tio de fotografias. Um homem alto, corpulento, com cabelos grisalhos desgrenhados. Ele adorava comer bem, vinho e sexo.

No entanto, o que ele parecia amar acima de tudo era a música. No fim, não restava muito dele. Ele emagreceu, chegou aos sessenta quilos. Ele perdeu os cabelos e, depois, também os amigos. Num certo momento não era mais capaz de respirar por conta própria. Mas até seu último batimento cardíaco, sua vida o cercava na forma desses discos.

Nos cantos próximos à cama estão dois grandes alto-falantes. Eles estão ligados a uma pequena mesa de som. À sua esquerda e à sua direita encontram-se dois toca-discos. O manejo é simples. Eu ligo tudo e coloco o disco sobre o prato de tamanho correspondente. Daí eu aperto o botão de liga/desliga, e como que automaticamente o pequeno braço se movimenta sobre a borda externa do disco e pousa como um avião sobre o asfalto muito negro da pista de aterrissagem.

Por alguns segundos, eu ouço apenas um ruído e crepitar baixinhos, como os de uma fogueira. Daí entra a percussão com uma vibrante batida de bossa nova. Depois de dois compassos, ouve-se do lado direito um *riff* de baixo, que por sua vez é duplicado dois compassos depois por uma guitarra do lado esquerdo. Daí ela entra. A voz. Ela é grave e intensa, sombria e furiosa. Tudo acontece tão rápido que eu inicialmente não ouço nada da letra. Só depois de uma breve transição o refrão explode, a marcha da canção acelera rapidamente, e ouço os versos, que ele diz repetidamente: "Break on through to the other side". A música prossegue como que numa vertigem. Ela aumenta mais e mais. Um solo de teclado, daí o cantor começa a gritar. A dinâmica muda novamente, até que tudo parece enlouquecer por completo em uma batida impulsiva, e repentinamente se acalma. A música acabou.

Eu levanto a agulha do disco. Tenho a sensação de que devo me acalmar. O que foi que acabou de acontecer? Eu nunca ouvi uma música assim em minha vida. Eu olho à minha volta. Contemplo os vários armários. De preferência, eu ouviria toda essa música ainda hoje. Mas será que vou viver o suficiente para tocar ao menos uma vez todas essas canções? Afinal, eu quase morri há poucas horas.

Essa lembrança repentina me deixa em pânico. A música havia feito com que eu me esquecesse disso completamente, no entanto agora uma desagradável descarga de adrenalina atravessa meu corpo como um choque elétrico. Eu apalpo meu punho para sentir minha pulsação. Meu coração acelera. Tenho que me deitar.

Tiro o plástico transparente da cama e me deito de barriga para cima. Tento respirar equilibradamente. Minha fantasia começa a enlouquecer: Jovem encontrado no leito de morte de seu tio. Talvez me enterrem ao lado dele. Me pergunto se meu *walkman* já disparou o alarme. Se logo vou ouvir sirenes e a porta será arrombada.

Mas desta vez é diferente. Meu coração bombeia o sangue para meus ouvidos, como se eu tivesse corrido uma prova de cem metros rasos, porém ele bate uniformemente. Pouco a pouco minha pulsação desacelera. Eu não me atrevo a adormecer, então pego um caderno em meu quarto, para o qual até agora eu não tinha uso, e começo a escrever. Escrevo um poema. Alguns versos. Num último instante, decido visitar o túmulo de meu tio amanhã cedo, para apresentá-lo ao poema. Então caio em meu sono profundo e sem sonhos.

No dia seguinte, eu acordo antes do costume. Vou à cozinha e, enquanto preparo alguns Cornflakes pra mim, o telefone toca.

"Você ficou de ligar para mim."

É a minha mãe.

"Sim, me desculpe, eu estava muito cansado quando cheguei do hospital."

"E como você está?"

Eu checo rapidamente minhas funções vitais, mas não percebo nada de anormal.

"Bem, acho."

Então apalpo os eletrodos em meu peito.

"Eu recebi um troço."

"Um Holter. Eu sei. Já falei com a Marieann. Bem, meu filho, também já tenho que ir. Tenha um dia tranquilo, tá?"

"Mãe..."

"O que é, meu filho?"

"Eu estive no quarto lá em cima."

Ela não diz nada.

"E encontrei a coleção de discos."

Minha mãe expira ruidosamente. "Sim. Não tive coragem de vendê-los."

"Você acha que ele seria contra eu ficar com eles?", pergunto.

"Claro que não, Mika. Isso com certeza o deixaria feliz. Agora realmente tenho de ir..."

"Mãe..."

"Mika, eu estou num congresso e..."

"Gostaria muito de visitá-lo."

"Quem?"

"Meu tio. No cemitério."

Ela não diz nada.

"Onde ele está enterrado?"

"Tem uma conta do cemitério sobre a cômoda. Está tudo escrito ali", ela finalmente diz. "Mande lembranças. Te amo."

"Eu também."

Como meu cereal, visto algo, pego meu caderno e a conta e me ponho a caminho do cemitério.

O cemitério é imenso. Há sinalizações de ruas e até mesmo uma linha de ônibus com várias paradas. Como é que eu posso encontrar o túmulo de meu tio nesse macabro parque de diversões do luto? Isso já foi providenciado. A fim de facilitar a orientação para os enlutados, há vitrines com listas e mapas. E, em vez de ficar sabendo o caminho para a montanha-russa ou roda-gigante, aprende-se aqui onde encontrar os túmulos, as urnas, os jazigos e as floriculturas.

No caminho eu observo as diferentes lápides. "Aqui jaz: ...", diz uma delas, por exemplo. Ou ainda: "Aqui descansa em paz: ...". Mas o sossego e a paz não predominam aqui de jeito algum. Não muito distante há um aeroporto, e um estádio de futebol na vizinhança. Entre gritos exaltados e o roncar de turbinas, as pessoas se dedicam aqui à manutenção dos túmulos, à lembrança e à despedida.

Depois de pouco tempo, eu encontro a seção 4 no setor C e fico de pé em frente aos restos mortais do meu tio. Uma lápide simples e uma sepultura cuidada, mas sem flores. Pego meu caderno e abro. De repente não estou mais certo do que pretendo com isso. Será que eu talvez deva ler o poema para ele? Muito tolo, penso eu. Eu não acredito nessas coisas. Então rasgo a folha com o poema, ajoelho e cavo um pequeno buraco com a mão no solo macio. Enfio o pedaço de papel e cubro novamente com terra, apertando bem.

"Ei..."

Eu me viro. Atrás de mim, um rapaz jovem está sentado em uma lápide, talvez ele tenha três anos a mais do que eu.

"Ei... desculpe", ele diz novamente, sussurrando alto. "Você tem fogo?"

A calça jeans dele está bastante empoeirada, fora isso ele tampouco parece muito bem cuidado.

"Eh, não, infelizmente, não", eu respondo.

"Que merda, cara." Ele se levanta e vem até mim.

"Desculpe por falar assim com você", ele diz. "Mas, pois é, eu vi o que você fez."

Eu me sinto pego em flagrante.

"E, quer saber, eu me pergunto o que está escrito no papel."

Ele nota minha hesitação e continua a falar. "Então, é claro que você não tem que me falar, quer dizer, por que deveria? Mas eu pensei... espere um momento."

Ele corre até um sujeito com um carrinho de mão. Provavelmente um jardineiro do cemitério. Sei lá por quê, mas eu ainda estou ali quando ele volta com um baseado aceso.

"Então, quer saber... eu também já enterrei uma coisa, uma carta. Foi uma espécie de vingança, quero dizer, eu escrevi ali tudo que não consegui ou que não pude dizer àquele merda. Quer dizer, enquanto ele ainda estava vivo, sabe." Ele dá uma tragada forte. "Me fez muito bem, essa coisa toda de escrever, enterrar e coisa e tal."

"Um poema."

Ele ri e beija as pontas dos dedos.

"Exatamente. Foi um poema! Realmente ótimo."

"Não", eu digo. "Eu enterrei um poema."

"Ah, sério? Você escreve poemas ou que diabos? Te digo mais, seria melhor se você o tivesse arquivado. Em algum momento ele certamente valeria muito dinheiro." Ele me passa o baseado. "Quer?"

Ele está vestindo uma camiseta preta do Nirvana. Seus longos cabelos castanhos estão presos numa trança.

"Não, obrigado", eu respondo.

Ele dá outra tragada forte e pisca ao olhar para o sol através das árvores.

"E o que você faz aqui?"

Não tenho ideia de por que estou perguntando isso. Na verdade eu queria seguir adiante o mais rápido possível.

"Eu?", ele diz e aponta para a sepultura onde ele há pouco estava sentado. Aparentemente é muito nova, e na lápide está apenas o prenome. "Eu sou talhador de pedras."

Provavelmente por conta da minha cara de interrogação ele continua a explicar: "Eu faço lápides".

Ainda surpreso eu pergunto novamente: "E o que você está fazendo aqui então?".

"Pois é, eu também tenho de colocar a lápide, sabe. E geralmente eu só faço a epígrafe depois disso."

Ele me explica que a sepultura tem sempre de assentar por uns dias, antes que ele possa moldar o alicerce da lápide. E às vezes ele tem tanto trabalho que só consegue escrever a epígrafe no local. Sobretudo na virada do ano. As pessoas mais velhas gostam de morrer depois de festejar o Natal com toda a família.

"Mas agora também está rolando direto." Ele seca o suor da testa. "Eu estou trabalhando aqui há mais de duas semanas. Com o calor, os velhos tombam como moscas. Recentemente aconteceu algo sinistro." A lembrança o faz rir. "Então, preste atenção, tinha o enterro de um homem velho. Bastante triste. Não havia ninguém, somente sua mulher estava lá. Ela estava acabada. Uma velha, também. De alguma forma não se sabia ao certo se eram lágrimas ou suor que escorriam entre suas rugas. Naturalmente ela estava toda vestida de preto, e fazia tanto calor que eu quase não estava aguentando ficar sequer de camiseta. De qualquer jeito ela se dirigiu ao padre à beira da sepultura, jogou um ramo de flores, perdeu o equilíbrio, se estatelou no caixão e morreu ali, na hora."

Ele se vira para mim rapidamente com um olhar inexpressivo e cai na gargalhada. Eu também não consigo me segurar. O prazer com a miséria alheia é mais forte do que minha consciência, e pela primeira vez há semanas eu rio realmente alto. É um alívio tão grande que eu rio por mais tempo do que o esperado. Depois que eu me acalmo, ele me estende sua mão.

"A propósito, eu sou o Lennart."

"Eu sou Mika", eu digo e aperto sua mão. Ela é dura como pedra, coberta com uma pele calosa, no entanto ele tem dedos como de uma mulher. Finos e delicados.

"Prazer em conhecê-lo, Mika."

Passei a ir quase todo dia para o cemitério. Na vitrine sempre tem uma lista com os enterros que estão acontecendo, o que me facilita encontrar meu novo amigo, Lennart. Eu fico olhando ele trabalhar e conversamos. Sobre tudo. Realmente tudo. A gente sempre encontra um novo tema. Nunca fica monótono.

À noite, eu me deito no quarto lá em cima, sobre o leito de morte de meu tio, com os eletrodos sobre o meu peito, e ouço música. Eu já percorri o quarto uma vez e entendi o princípio: cada armário abriga determinado gênero musical. Jazz, soul, música erudita. Para pop-rock há vários armários, que por sua vez são ainda divididos entre Estados Unidos e Inglaterra. Tem um armário com música francesa e outro com trilhas sonoras. Tudo está ordenado alfabeticamente, e para cada artista há vários discos.

Uma noite, me dou conta de que há caixas sobre todos os armários. Grandes, pequenas, algumas com título, outras não. Eu pego uma cadeira e desço uma das caixas. Ela está cheia de cadernos, fotos, bilhetes. Parecem não obedecer a nenhum tipo de ordem reconhecível. Eu encontro cartas, artigos de jornal, poemas. Aparentemente tudo escrito pelo meu tio, sei disso por conta da letra sempre esparramada. De repente, eu tenho a sensação de estar bisbilhotando a esfera privada dele e fecho a caixa.

Por que será que ele colocou tudo isso lá em cima?

Pergunta idiota. Ele era um colecionador. Obcecado em acumular tudo. A melhor prova disso é a coleção de discos.

Eu caminho ao longo dos armários e tento decifrar as etiquetas. Aí estão anos, nomes e descrições como "fotos" ou "negativos". De repente, eu descubro uma caixa sobre a qual foram pincelados dois algarismos vermelhos. Um 2 e um 7. Eu levo um susto.

    27. Esse número me persegue desde que eu sei contar. Nós moramos na casa de número 27, minha mãe faz aniversário no dia 27 e me teve aos 27 anos. Depois que eu aprendi a somar e multiplicar na escola, ficou ainda pior. Desde então eu consigo formar um 27 a partir de quase qualquer número ou combinação. Porém não só esse número, mas também todos aqueles que se pode formar com eles – como 9 (2+7), 14 (2x7), cinco (7-2), 54 (2x27), 49 (7 ao quadrado) e 53 (2x2 + 7x7) –, são para mim uma alusão clara ao 27. E não é só isso: também a soma ou o produto, o quociente ou diferença, o quadrado ou a raiz daqueles resultados são para mim nada mais do que 27. Às vezes eu perco vários minutos virando pra cá e pra lá um número até que ele corresponda a um resultado que eu possa reconduzir ao 27. E agora tenho aqui uma caixa sobre em que um 27 aparece claramente e sem sombra de dúvida. Não é preciso qualquer domínio da matemática para que isso me dê medo.

    Eu me sinto como um arqueólogo que descobre um tesouro supostamente perdido há muito tempo quando eu coloco a caixa no chão e abro. Novamente uma bagunça das boas. Algumas fotos, vários bilhetes, cópias de documentos originais, cartas. Daí eu descubro uma folha de papel batida à máquina com o número 27 no cabeçalho. Eu a puxo para fora e começo a ler.

27

1. Dave Alexander, 3.6.1947 – 10.2.1975 (The Stooges), álcool e pneumonia
2. Jesse Belvin, 15.12.1932 – 6.2.1960 (cantor e compositor), acidente de carro
3. Chris Bell, 12.1.1951 – 27.12.1978 (Big Star), acidente de carro
4. Dennes Dale Boon, 1.4.1958 – 23.12.1985 (The Minutemen), acidente de carro
5. Arlester Christian, 13.6.1943 – 13.3.1971 (Dyke & The Blazers), assassinato
6. Kurt Cobain, 20.2.1967 – 5.4.1994 (Nirvana), suicídio
7. Pete DeFreitas, 2.8.1961 – 14.6.1989 (Echo & The Bunnymen), acidente de motocicleta

8. Roger Lee Durham, 14.2.1946 – 27.7.1973 (Bloodstone), acidente de cavalo
9. Malcolm Hale, 17.5.1941 – 31.10.1968 (Spanky and Our Gang), pneumonia
10. Pete Ham, 27.4.1947 – 24.4.1975 (Badfinger), suicídio
11. Jimi Hendrix, 27.11.1942 – 18.9.1970, overdose
12. Robert Johnson, 8.5.1911 – 16.8.1938, assassinato
13. Brian Jones, 28.2.1942 – 3.7.1969 (The Rolling Stones), afogamento
14. Janis Joplin, 19.1.1941 – 4.10.1970, overdose (Big Brother and the Holding Company/The Kozmic Blues Band/Full Tilt's Boogie Band)
15. Helmut Köllen, 2.3.1950 – 3.5.1977 (Triumvirat), envenenamento por monóxido de carbono
16. Ron McKernan, 8.9.1945 – 8.3.1973 (Grateful Dead), álcool
17. Rudy Lewis, 23.8.1936 – 20.5.1964 (The Drifters), overdose
18. Jim Morrison, 8.12.1943 – 3.7.1971 (The Doors), infarto
19. Kristen Pfaff, 26.5.1967 – 16.6.1994 (Hole), overdose
20. Gary Thain, 15.5.1948 – 8.12.1975 (Uriah Heep), overdose
21. Alan Wilson, 4.7.1943 – 3.9.1970 (Canned Heat), overdose de barbitúricos
22. Mia Sapata, 25.8.1965 – 7.7.1993 (The Gits), assassinato
23. Les Harvey, 13.9.1945 – 3.5.1972 (Stone the Crows), eletrocutado

Eu conheço alguns dos nomes na lista. Eu os vi nas capas dos discos. São músicos ou cantores. Passos os olhos pelas datas de nascimento e morte, e de repente percebo que essa é uma lista de músicos que morreram aos 27.

Fico cada vez mais nervoso. Preciso descobrir qual a relação que existe aí. Como um detetive que reúne as pistas de um caso de assassinato, eu investigo as evidências. Olho algumas das fotos. Há nomes no verso delas. Nomes da lista. Eu descubro cópias de certidões de óbito, expedidas para nomes da lista. Fora isso tem uma revista na caixa. Algumas das fotos aparecem reunidas numa colagem na capa. Um 27 em vermelho e o título "Morte aos 27" estão logo abaixo. Abro na página indicada. É um artigo do meu tio.

MORTE AOS 27

Janis Joplin, Jimi Hendrix, Jim Morrison, Brian Jones, Kurt Cobain...
Por que eles morreram aos 27?
A lista com os músicos que morreram aos 27 é longa. Segundo um estudo, músicos famosos morreram com idades diversas, mas de longe a maioria aos 27. Qual a relação com o número?
A Bíblia fala de sete anos de fartura, sete de escassez. Aos 28 começaria o quinto período desse calendário. Será que todos esses músicos começaram suas vidas com sete anos de fartura e simplesmente não aguentaram mais o segundo período de escassez? Aparentemente, essa teoria seria contrariada pelo fato de que esses músicos morreram no auge do sucesso; em todo caso, até onde se pode avaliar, sem ter de passar por futuras mudanças em sua carreira. A pessoa é feliz quando é bem-sucedida?
Segundo Edgar Hower, renomado psiquiatra, cuja clínica recebe inúmeras estrelas anualmente, a maioria das pessoas públicas sofre do chamado transtorno borderline. *"Os acometidos sofrem de um alto esgotamento de hormônios da felicidade, motivo pelo qual procuram obter na vida pública suas descargas de endorfinas na forma de reconhecimento e aplauso. Se não houver sucesso ou ele se tornar algo normal, não raramente apelam para drogas a fim de recompensar artificialmente o cérebro. Sintomas adicionais incluem depressões e medo da solidão. Esses estados de ansiedade são às vezes tão fortes que um entre dez* borderliners *cometem suicídio." A isso se soma o fato de que o transtorno* borderline *se desenvolve com mais força entre os vinte e os trinta anos, período correspondente aos anos mais criativos da pessoa, algo que, por sua vez, poderia explicar o fenômeno do Clube dos 27.*
O Clube dos 27. Um termo apropriado ou uma maldição? A irmã de Kurt Cobain, por exemplo, afirma que o irmão brincou muitas vezes dizendo que gostaria de entrar para o "Clube". Em 5 de abril de 1994, com a ajuda de uma arma, usada para atirar em sua cabeça, ele acabou conseguindo. São levantadas inúmeras teorias conspiratórias em torno de sua morte e da maioria das outras, sempre não naturais.
Será que eles foram assassinados? Em caso afirmativo, quem se sentia ameaçado por eles, que eram somente músicos e, segundo o dr. Hower, não queriam nada além de amor? Será que foram impelidos a morrer? Em caso afirmativo, por quem? Pelos seus fãs, pela imprensa? Ou será que esses ícones simplesmente viveram suas vidas todas de modo acelerado segundo a premissa "Viva rápido e morra jovem"?

Eu coloco a revista de lado e sinto minha pulsação. Ela está a toda velocidade. E nesse momento ele surge em mim. O medo de morrer aos 27. Ele cresce rapidamente. Torna-se uma certeza, uma convicção. Espalha-se como um vírus em meu corpo. Uma úlcera que corrói minha alma. Um tumor que recobre todo o meu cérebro. Meus pensamentos racionais de nada adiantam. Que imbecilidade, eu digo a mim mesmo. Essas pessoas eram estrelas, ícones, músicos, que marcaram várias gerações. Eu sequer toco um instrumento, isso sem falar que eu sou qualquer coisa, menos famoso. Fora minha obsessão com o número 27, não existe nenhuma relação com esse medo. No entanto, é assim mesmo que acontece com os medos. As pessoas têm fobia de aranhas, elevadores, aviões, terroristas. Mesmo que por aqui as aranhas não sejam mortais, os elevadores são confiáveis e passam regularmente por manutenções, o avião é o meio de transporte mais seguro do mundo, e a probabilidade de se tornar vítima de um atentado terrorista é infinitesimal. Esses medos não são racionais, mas, para aqueles que os têm, estão fora de discussão. E meu medo continua a crescer, ocupa todo o espaço, atira sombras sobre minha vida e sobre tudo aquilo que já aconteceu ou está por vir. Eu vou morrer aos 27 e contra isso não adianta nenhum tranquilizante. Não posso simplesmente extrair o medo ou matá-lo com um jornal. Não há um botão de alarme que vai acionar o serviço de manutenção. Nenhuma aeromoça para me indicar as saídas, e eu tampouco posso enviar um exército para lutar contra ele. Não posso fazer nada. Terei de viver com ele. O relógio começou a fazer tique-taque. Não me restam nem mesmo dez anos. Nem mesmo dez anos.

No dia seguinte, após uma noite agitada, eu primeiro formo o número 27 a partir da mistura da data de hoje e do horário atual, e me parabenizo então pelo primeiro dia do resto da minha vida. Começa hoje, portanto. É o início do fim. Curiosamente eu me sinto preparado para o novo jeito de contar o tempo.

Com meu medo na mochila, me encaminho para o cemitério. Nesse meio-tempo, já passei a conhecer bem as divisões e alas desse Além da Vida organizado. Depois de deixar para trás algumas das sepulturas novas, encontro Lennart em sua posição típica: ele está sentado sobre uma lápide feita pela metade, fumando um baseado, e aos seus pés está uma garrafa de cerveja pela metade. Como sempre, ele me oferece ambos. E, como sempre, eu recuso ambos. Mas aí eu penso novamente... nem mesmo dez anos. Já é mais do que tempo de fazer novas experiências. Aproveitar a vida. Então digo não ao baseado, e sim à cerveja. Depois da primeira, tomo uma segunda. Depois da segunda, uma terceira, e por aí vai. Eu nunca fiquei bêbado, mas depois que o sol se põe eu já tenho mais essa experiência.

Lennart está vestindo de novo a camiseta do Nirvana, como em nosso primeiro encontro, e de repente já não estou mais certo se eu sequer já o vi usando outra camiseta.

"Parece que você gosta do Nirvana", eu digo.

Lennart parece chocado. "Gostar? Será que você bate bem? Kurt Cobain deu voz a tudo aquilo no mundo que eu não me atrevi a dizer, entende? Os caras do Nirvana são os maiores."

"Eram", digo, interrompendo sua euforia.

"Tá, merda, aquela filha da puta." Ele salta da lápide, apanha seu martelo e formão, e retoma seu trabalho na pedra.

"O quê? Quem?"

"Ué, Courtney Love, a mulher dele."

"O que ela tem a ver com isso? Afinal ele que se matou."

"Isso é o que você pensa."

"Como assim? O que é que você acha?"

"Essa sujeita o empurrou para a morte."

"De que forma?"

"Ora, ela deu um jeito de fazer com que ele ficasse dependente dela, entende, e sempre o levou de volta para as seringas. Foi isso."

"Mas ele não morreu por causa das drogas, e sim atirou em si mesmo..."

Lennart interrompe seu trabalho, coloca sua ferramenta de lado e se senta perto de mim. Falando baixo, como se fosse um segredo, ele continua. "Agora preste atenção ao que eu digo: ora, Kurt estava saindo com a Kristen Pfaff, a baixista da Band Hole, a banda de Courtney, entende? E por conta de seu ciúme doentio, Miss Love o levou a se suicidar, sacou? Ela tinha uma influência sobre-humana sobre ele. E a tal carta de despedida, ele não escreveu isso de jeito nenhum. Existem provas."

"Que tipo de provas?"

"Ora, exames grafológicos que provam que foi a própria Courtney quem escreveu a carta."

"Mas também ficou provado que ele se matou."

"Claro. Encontraram resíduos de pólvora em suas mãos, portanto foi ele quem atirou em si mesmo, de qualquer maneira. Mas eu te digo, foi aquela vaca que o dirigiu."

"Terrível!"

"Isso você pode afirmar em alto e bom som." Lennart termina sua cerveja e abre outra. "Que merda, cara, ele foi o último herói verdadeiro."

"Como assim?"

"Ora, não existem mais pessoas por quem o mundo todo irá chorar."

"Você quer dizer o mundo ocidental."

"Sim, tanto faz, sei lá. Quero dizer nós, Mika. Nós. Dos que estão por aí ainda por quem nós choraríamos? Todos já morreram."

Eu estou bêbado e esse pensamento me deixa triste. Será que realmente não existem mais heróis? Se for verdade, por que não? Será que não haverá mais?

"Eu te digo uma coisa, Mika, quase não existem mais heróis, eles estão em extinção, não há mais lugares para eles. Nós temos que nos encontrar sozinhos, nos satisfazer a nós mesmos, e todo o resto. A gente não precisa mais de ninguém que faça isso por nós." Lennart está calmo e é pragmático, mas de repente seu moral fica baixo. "Preste atenção, Mika, agora vamos jogar um jogo. Cada um diz um herói que morreu de causas não naturais. Nome e causa da morte, e quem não conseguir lembrar mais, perde."

"O.k., mas eu quero outra cerveja, então."

"Sem problema, mas você começa."

Eu pego uma das cervejas que Lennart colocou em cima da lápide, abro e penso rapidamente.

"O.k., John F. Kennedy. Morto a tiros."

"Então... o irmão dele, Robert F. Kennedy, também morto a tiros."

"Exato. E Marilyn Monroe, é claro, de overdose de soníferos."

"Sendo que ela deve ter tido um caso com ambos os Kennedys."

"Sim, exatamente, segundo a teoria conspiratória ela foi morta pela CIA, sob comando de John, por ciúmes."

"Robert e seu cunhados foram os últimos que a viram."

"Pois é... agora é a sua vez."

"Vou continuar com os políticos. Martin Luther King, morto a tiros."

"Então vou ficar com os atores. James Dean acelerou seu Porsche em direção a um carro que vinha no sentido contrário."

"Malcolm X. Morto a tiros por três seguidores do grupo religioso Nação do Islã."

"Sharon Tate. Assassinada a facadas por membros da Família Manson."

"Pois é. E ela estava grávida de oito meses."

"Macabro, né?"

"Super. Então. Grace Kelly. Depois de um derrame, perdeu a direção do carro, que caiu de um despenhadeiro. Sua filha, Stephanie, também estava no carro e sobreviveu. Tem pessoas que dizem que ela estava ao volante."

"E mata a própria mãe, cara. Como é que ela passou a se chamar?"

"Princesa Gracia Patricia."

"Sim, verdade. O.k., mais uma: Princesa Diana."

"Ah, é."

"Também morreu em um acidente de carro com seu novo namorado, Dodi Al-Fayed. Eles estavam fugindo de *papparazzi*. O motorista deles estava bêbado."

"Exatamente. Em Paris, né?"

"Sim, sim. Num túnel."

"Você sabe como Bob Marley morreu?"

"Também não foi morto a tiros?"

"Não, não. Ele foi baleado uma vez, mas não morreu. Ele feriu o pé durante uma partida de futebol e não fez nenhum tratamento. Era algo contra as crenças rastafáris. Por conta disso, ele teve um tipo de câncer que afetou seus órgãos."

"E ele morreu desse jeito?"

"Sim. Por causa da quimioterapia ele perdeu todos seus *dreadlocks*. Por isso ele parou o tratamento e morreu."

"E tudo isso por causa de um ferimento de uma partida de futebol?"

"Sim. Pesado, né?"

"Nem me fale."

"Agora é a sua vez."

"O.k. Espera aí... então, há muitos músicos. John Lennon. Morto a tiros disparados por um sujeito que o considerava o anticristo, diante do prédio em que morava, em Nova York."

"O edifício Dakota. E o maluco se chamava Chapman."

"Ah, é."

"Então, Jeff Buckley. Queria nadar bêbado no rio Mississippi."

"O quê? O filho de Tim Buckley?"

"Sim, exatamente. De 'Sweet surrender' e por aí vai."

"Ele também morreu de overdose."

"Exato. Ele achava que era cocaína, mas o pó estava misturado com heroína. De quem é a vez?"

"Você... eu disse Tim Buckley."

"Bem, está valendo. Então... The Bird. Charlie Parker. Overdose."

"Vou ficar mais contemporâneo, o.k.? Então... Tupac Shakur. Morto a tiros."

"O rapper. Eu também sei de um: Notorious BIG, também morto a tiros."

"O vocalista do INXS."

"Michael Hutchens."

"Exatamente. No caso dele não se sabe ao certo como ele morreu. Alguma coisa a ver com joguinhos sexuais."

"Também vale. Elvis conta?"

"Talvez entre em 'morto de tanto beber.'"

"Eu achava que tinham sido os remédios."

"Talvez ele esteja ainda vivo!"

"O.k.... me deixe pensar. Jesus."

"Pelo visto você não se lembra de mais ninguém!"

"Como assim? Ele é mais do que famoso."

"E foi crucificado."

"Exato. Tá valendo."

"Então está bem. Hitler."

"Pô, cara..."

"Como assim? Causa da morte não esclarecida."

"O.k., empate. Fim do jogo."

Somente no caminho de volta para casa é que eu noto o quanto estou bêbado. Meus pés mal parecem tocar o chão, e eu enxergo tudo dobrado ou triplicado, ou até decuplicado. Não consigo identificar ao certo. Caminhar em linha reta também é difícil, embora em geral eu me sinta leve. Com asas. Eu flutuo direitinho para casa. E aí começa a chover. Raios e trovões completam a repentina tempestade de verão. Eu caminho através das ruas vazias, a chuva respingando em mim. Depois de menos de um minuto eu já estou completamente encharcado. Os eletrodos sobre meu peito estão visíveis através da camiseta molhada. Como de costume, meu pequeno companheiro eletrônico me dá segurança através de sua linha direta com os anjos da guarda. E então ela está novamente aí. Esta consciência. A sensação inequívoca de que eu irei morrer cedo, mas ainda não. A vida ainda tem planos comigo.

A tempestade parece estar exatamente sobre mim. Ao mesmo tempo, os raios e trovões clareiam e sacodem as ruas.

"Você está muito adiantado!", grito para o céu. "Procure outra pessoa. Minha hora ainda não chegou!" Eu ergo as mãos nos ares. O trovão abafa minhas palavras. "Eu serei grande. O mundo vai chorar por mim!"

O céu responde, rugindo enfurecido, mas eu zombo dele.

"Você não pode fazer nada comigo!", eu grito.

Ainda não. Ainda não.

A história de Lennart sobre Kurt Cobain me deixou intrigado. Quem eram esses ícones? E mais importante: por que eles morreram? Como eles se tornaram membros do Clube dos 27? Depois que tiro minhas roupas molhadas e me seco, abro a caixa com o número 27 e olho de novo a lista. Robert Johnson, um músico de blues e cantor dos Estados Unidos, morto em 16 de agosto de 1938, parece ter sido o primeiro membro do clube não oficial. Eu caminho até o armário com os discos dos americanos e procuro na letra R.

De fato eu encontro uma caixa contendo três discos e um livreto grosso. A capa traz a fotografia em branco e preto de um sorridente homem negro vestindo um terno. Ele usa um chapéu e segura sua guitarra sobre as pernas cruzadas. "Robert Johnson The Complete Recordings" está escrito no canto superior direito. Nos três discos há 41 canções e doze versões alternativas. Ponho para tocar o primeiro disco e procuro na caixa dos 27 por documentos e apontamentos sobre Robert Johnson.

A primeira música se chama "Kind hearted woman", um blues clássico com um ritmo de guitarra bem duro, que, no entanto, é repetidamente amplificado através de melodias tocadas de modo maravilhosamente delicado. Ele canta de maneira ininteligível, e o som de sua voz me lembra um trompete ou uma gaita. Na metade da canção, ele muda repentinamente o registro vocal e canta com o timbre de uma mulher. É algo incrivelmente intenso, e a má qualidade da antiga gravação me dá a sensação de que ele está cantando para mim do além.

Na caixa, parece haver biografias de cada um dos nomes da lista, e finalmente eu acho também um documento em que consta que Robert Leroy Johnson foi envenenado. Um marido enciumado teria dado a ele uma garrafa de uísque com estricnina após um show, que ele desavisadamente bebeu toda, morrendo três dias depois. Contrário a essa versão, um cientista afirma que a pessoa sentiria o gosto da estricnina, e que seria preciso tomar bastante para morrer por causa dela, o que, por sua vez, aconteceria nas horas seguintes e não somente nos dias seguintes. Mais adiante aparece outra versão, segundo a qual o diabo deveria tê-lo levado consigo: quando Johnson era jovem, ele sonhava em se tornar um grande guitarrista de blues. Foi dito a ele que levasse sua guitarra à meia-noite para determinada encruzilhada. Lá ele se encontrou com um homem negro alto, que afinou sua guitarra e tocou algumas canções nela. Desde então, Johnson foi abençoado com seu dom, mas ele havia se metido com o diabo, empenhando-lhe a alma. Em várias de suas canções o diabo aparece como tema, e uma delas se chama mesmo encruzilhadas, "Crossroads".

Por algum motivo eu fico parado nessa anedota. Talvez todos esses músicos tivessem, sim, prometido suas almas ao diabo em troca de seu talento, e ele então voltou para levá-la sempre quando eles tinha 27 anos. Será que Johnson e seus colegas sabiam com quem estavam lidando? E mesmo que soubessem, então seu desejo, seu sonho de se tornar um dos grandes, era certamente mais forte do que o medo em relação a sua própria alma. Eu aceitaria o trato, de qualquer jeito. Não tenho ideia de que tipo de talento o diabo poderia me dar, mas certamente vamos chegar a uma conclusão. Quer dizer, eu vou morrer de qualquer jeito aos 27 anos, então prefiro morrer sendo um dos grandes, e sem alma, do que insignificante e com uma alma insatisfeita. Nessa noite, eu vou a estudar uma biografia atrás da outra, até que os meus olhos se fechem.

No dia seguinte, continua chovendo enquanto estou a caminho do cemitério. Lennart esticou entre duas árvores uma lona sobre a sepultura onde ele está trabalhando. O barulho da chuva nas árvores e sobre a lona esvazia minha cabeça de pensamentos, e quando Lennart me oferece o baseado, eu aceito.

Como sempre, ele enrola em suas mãos a erva e o tabaco dentro de uma folhinha, e o acende com a chama cheirando a gasolina que vem de seu Zippo. Daí ele me passa o baseado. Eu olho a brasa suave enquanto trago, e inspiro profundamente o aroma de erva que a essa altura já me é conhecido. Eu percebo como meus pulmões se enchem com a fumaça. Ao expirar eu tusso levemente, mas não é algo desagradável. Eu rolo o baseado entre meus dedos para lá e para cá. Algo deveria acontecer agora?

Dou mais uma tragada. A sensação da fumaça sobre minha língua ao atravessar o filtro e encher minha boca é agradável e não me parece estranha. Eu a puxo para meus pulmões e deixo sair lentamente. Esse momento me agrada de imediato. O soltar, o expelir da fumaça tem um efeito incrivelmente liberador. Algo deveria acontecer agora?

Na segunda vez que eu expiro, sinto como se minha alma fluísse para fora de mim. Como se o vapor que sobe de meus pulmões fosse meu eu mais interior, como se eu tivesse expirado a mim mesmo. É isso o que acontece?

Eu devolvo o baseado a Lennart e olho para ele com espanto. Nos últimos minutos eu estive concentrado somente naquilo que eu fazia. Agora eu espero algum tipo de reação de sua parte. No entanto, ele obviamente aceita de volta o baseado que eu acabei de fumar, como costuma aceitar quando eu o recuso. Ele me deixa ser como eu sou. Meu amigo. Lennart.

Eu o observo fumando. Talvez seja por isso que o consumo de cigarros seja tão difundido em nossa sociedade. Através da visibilidade da respiração se tem a sensação de se aliviar, de livrar-se de algo. Mas também há pessoas que inspiram mais do que expiram a fumaça. Talvez elas queiram se expor de propósito, se matar, brincar com a morte.

Porém, à exceção dos meus pensamentos tão claros, nada acontece comigo. Sempre pensei que estar alto ou chapado fosse uma sensação distinta, mas em mim nada acontece de extraordinário. Talvez eu não tenha fumado o suficiente. Eu cutuco Lennart e peço o baseado de volta.

"Sim, sim, vamos com calma. A pressa não faz a vida durar mais", ele diz, dá uma forte tragada e me passa o resto do baseado.

Enquanto eu inalo, penso naquilo que ele disse. Desta vez, o cigarro parece estar mais quente entre meus dedos. A fumaça também parece estar mais quente, o que torna a sensação ainda mais intensa ao expirar.

"Mas talvez a pessoa ganhe mais com isso. Talvez a pessoa vivencie mais em sua vida quando se apressa", eu digo.

"Não acredito. Quando eu, por exemplo, ando do ponto de ônibus até o cemitério, frequentemente vejo os visitantes ou jardineiros que estão no mesmo caminho. Se eu diminuo o passo, como se estivesse passeando, eles ficam totalmente irritados. Se apressam. O jardineiro, porque está atrasado. Os visitantes, porque estão com pouco tempo. E por aí vai. Mas, no fim, todos nós chegamos ao mesmo tempo ao portão principal. Eu sempre sou o último, mas certamente apenas um minuto depois do primeiro. Então para que toda essa afobação? Talvez eu também chegue um minuto mais tarde do Portão do Céu, já que não me apressei tanto quanto os outros."

Acho a ideia fascinante.

"Isso é engraçado. Seguinte: eu sempre fui do tipo mais tranquilo, então também devo morrer mais tarde."

"Exatamente", diz Lennart, "a morte está diante de mim e eu digo assim: Não, me desculpe, eu ainda tenho umas coisas pra resolver."

"Sim, isso mesmo... Ah, agora não dá pra mim de jeito nenhum. A senhora poderia talvez retornar mais tarde?".

"É, não, agora não é realmente um bom momento. Também tenho que ir."

"Talvez a gente se veja por aí de novo."

"Essa é boa!"

Começamos a rir.

"Hum... que estranho: não tem nenhuma senhora Morte em minha agenda."

"Minha secretária deve ter se enganado..."

"Pois é, agora eu infelizmente não tenho nenhum horário livre para a morte."

"A senhora poderia voltar novamente amanhã."

"Essa é boa!"

"Ou: Tem um colega que trabalha comigo. Talvez ele tenha um tempinho."

"Isso! Talvez meu colega possa lhe ajudar. Eu vou lhe dar o telefone dele!"

Alternando com violentos ataques de riso, cada um vai aproveitando a deixa.

"Por favor, deixe seu número de telefone. Eu lhe telefono quando houver tempo."

"Siim! 666... mas esse número é beeem estranho!"

"De onde a senhora vem?"

Mal consigo respirar de tanto rir. E continuamos a gargalhar de maneira quase histérica.

"Ah, não, morrer? Agora realmente não estou a fim!"

"Isso não tem a mínima graça. Acho preferível a gente ir beber algo."

"Não, eu estou muito cansado pra fazer outra coisa. Fica para a próxima."

"Sim, agora relaxe um pouco. Beba mais uma!"
"Isso! Você trabalha demais. Seja menos travada."
"É, se solte um pouco!"
"Tire férias."
"Muito boa! Você está pálida como um cadáver, um pouco de sol lhe faria bem."
"Você está só pele e osso!"
"Você parece a própria morte ambulante!"

Ao final, estamos ambos deitados no chão completamente sem fôlego e chorando de tanto rir. Vira e mexe começamos a rir baixinho. Como um sabe muito bem o motivo das risadas do outro, ninguém consegue se controlar, e aí ambos soltam tudo. Por fim, eu me arrasto para casa ainda rindo baixinho.

Na manhã seguinte, o mundo é outro. Tudo soa pesado e parece que estou enxergando através de uma névoa fina. Eu não consigo sentir direito meu corpo, sinto-me leve, mas acabado.

Sobre a mesa na cozinha há um cartão de visita que diz:

ME
music and entertainment

Abaixo, um endereço. No verso, eu reconheço a letra da minha mãe.

Mika, horário marcado hoje às 14h.
Me ligue. Mãe.

O que significa isso? Eu ligo para o celular dela.

"Mika, estou entre duas operações. Você achou o cartão?"

"Sim, por isso estou ligando."

"Eu fiquei pensando em como você gostou tanto da coleção de discos. E faz pouco tempo que eu implantei uma válvula cardíaca nova num paciente. Ele trabalha com música, acho. Pensei que você talvez pudesse fazer um estágio ou algo assim. É melhor do que ficar pra lá e pra cá dentro de casa, não é?"

"Mas eu não fico pra lá e pra cá."

"Tanto faz. Ele é muito simpático e acha que vai encontrar algo pra você fazer. Então, agora eu preciso ir. Dê lembranças ao senhor Goldmann para mim, tá? Eu te amo."

"Eu também."

Beleza, que ótimo, uma entrevista de apresentação com um cara doente do coração, que mexe sei lá como com música. Parece mesmo com um emprego dos sonhos. Eu leio o endereço mais uma vez. Fica no canal. De ônibus, não chega a ser dez minutos, mas a pé, pelo menos meia hora. Olho para o relógio, já passa um pouco da uma da tarde. Eu ainda posso chegar a tempo. Será que eu devo? Me pergunto. Na verdade eu ainda tenho de cumprir um juramento: preciso descobrir qual é o sonho da minha vida. Live your dream! Viva seu sonho! E a maneira mais fácil de se descobrir o que se quer é sabendo o que não se quer. Então eu visto uma camiseta limpa e minha calça jeans favorita, calço meus tênis esfarrapados e me ponho a caminho.

Quando eu chego ao canal, eu já estou bastante cansado. Foi mais distante do que eu imaginava. Pesco o cartão de visita do meu bolso, para olhar o número no endereço. 225. Merda. A soma dos algarismos de 225 dá 9, o que por sua vez é a soma dos algarismos em 27. Estou condenado.

O edifício é dos muitos novos complexos de escritórios que têm por objetivo impedir que o cidadão comum tenha vista para a água e, assim, deixar claro para nós que o nosso lugar é na segunda fila. Eu entro no saguão, no meio do qual há um balcão de recepção circular. Atrás dele estão sentadas duas mulheres jovens parcamente vestidas, muitíssimo maquiadas, e que muito provavelmente não vieram ao mundo com cabelos loiros oxigenados.

"Posso ajudá-lo?", diz uma delas para mim.

Eu escorrego o cartão de visita em sua direção.

"Um momento." Ela pega o telefone. "Está aqui o – um segundo..." Daí ela me pergunta: "Como é seu nome?".

"Mika."

"Mika está aqui embaixo. Ele tem um horário marcado com vocês."

Daí ela desliga, me devolve o cartão, pede que eu coloque meu nome e horário numa lista, e indica os elevadores.

"Sétimo andar, os elevadores ficam por ali."

Eu me viro e caminho em direção às câmaras de transporte inumanas. Meu coração dá um pulo.

Eu não tenho medo de elevadores, ao menos não que eu saiba, mas exatamente agora se misturam diante dos meus olhos internos cenas de filmes ruins:

um grupo de pessoas que fica preso em um elevador... Quando elas abrem a caixa em que está escrito "Emergência", onde deveria na verdade haver um telefone, apenas dois fios brancos saem da parede. Elas gritam por socorro, batem nas paredes, tentam abrir a passagem no teto, mas tudo sem sucesso. Depois de vários dias sem alimentos, eles sorteiam quem deve ser o primeiro a ser comido. Passam semanas até que alguém abra as portas do elevador para salvar os aprisionados. Mas encontram apenas uma pessoa sentada em meio a ossos, vísceras, sangue e excrementos...

Ao lado dos elevadores, como manda o padrão, fica a porta para as escadas. Antes de apertar o botão na parede chamando o elevador, olho de volta para balcão. As duas moças estão observando alguma coisa em um monitor que as faz rir. Esta é a minha chance. Eu desapareço o mais rápido que posso nas escadas, deixando a porta fechada atrás de mim. O que ela disse? Sétimo andar?! Talvez eu não devesse esquecer tantas vezes minhas roupas de praticar esporte.

Quando eu chego lá em cima, estou completamente exausto e ensopado de suor. Minha boca está seca e meu coração, acelerado. Mas eu não tenho tempo de me recuperar. Já passa um pouco das duas. Eu certamente precisei de dez minutos para subir. Então saio da escada e passo os elevadores em direção à porta em que se lê ME em letras grandes. Eu aperto a campainha, o trinco automático vibra, e eu já estou dentro.

Novamente um balcão de recepção. Atrás dele outra jovem e por detrás uma parede branca em meia-lua, em que aparece iluminada a logomarca da empresa.

"Oi, posso ajudá-lo?"

"Eu sou o Mika."

"Ah, certo. Você tem um encontro com Josh, certo?"

Eu aceno que sim com a cabeça. Não tenho ideia de quem seja Josh, mas ela já deve estar sabendo.

"Um segundo." Ela também pega o telefone. "Mika está aqui. Tudo bem."

Ela desliga e sai de trás do balcão. Ela está usando um vestido curtíssimo, justo, listrado de preto e branco, feito de algodão.

"Venha comigo, eu tenho de levar você lá para dentro agora mesmo."

Na medida em que passamos por várias mesas de trabalho, das quais somente poucas estão ocupadas, aproveito para vê-la por trás.

"Está fazendo muito calor, não é verdade?" Ela passa a mão em seus cabelos longos e lisos. "No momento, todos estão fora, pois está para sair o lançamento de Gregory Marcs." O quê? Gregory Marcs? Ela fica de pé diante de um escritório com envidraçado. "Você o conhece?"

"Quem?"

"Ora, Gregory."

"Ah, claro." Quem não conhece o Gregory Marcs, eu penso.

Ela bate à porta de uma sala. "Josh o descobriu." Ela abre a porta, e eu esbarro meu ombro em seus peitos quando entro.

Josh está de pé à janela e ao telefone. Eu vejo apenas suas costas. "Tudo certo. Eu agora tenho uma reunião e mais tarde vou tomar conta disso." Sua voz me soa familiar, e quando ele se vira, tudo fica claro. Ele é o sujeito do hospital, que ficou o tempo todo telefonando no corredor. Ele desliga e caminha em minha direção. Novamente está vestindo um terno completo, mas dessa vez parece que se trata um tecido um pouco mais leve. "Mika", ele diz, de maneira efusiva. "Para mim é uma honra finalmente conhecê-lo." Ele me estende uma mão e coloca a outra amigavelmente sobre meu ombro. "O que você gostaria de beber, meu caro?"

"Água." Meu corpo inteiro grita por líquido.

"Claudia, nos traga o máximo de água que você possa carregar, por favor. Como você vê, o calor incomoda tanto nosso convidado exatamente quanto a mim."

Claudia, que permaneceu em pé à porta, mostra-nos seus dentes brancos. "É para já, chefe." Daí ela sai se equilibrando sobre os saltos altos.

"Agora, Mika, você tem de nos desculpar, no momento estamos enlouquecidos, em breve vai acontecer um lançamento importante, mas eu achei melhor que seria melhor se nos encontrássemos logo."

Claudia está de volta. Ela coloca dois copos sobre a mesa e nos serve água. "Se o senhor precisar de mais alguma coisa, chefe..."

"Muito obrigado, Claudia."

Eu pego o copo. Dá para ver que a máquina de lavar louça deixou um resto de marca de batom na borda, mas eu estou completamente desidratado. Como alguém prestes a morrer de sede, eu me inclino sobre o poço imundo. Eu esvaziei o copo com uma golada só. Josh pega a garrafa de água e me serve novamente sem fazer qualquer comentário.

"Então, primeiramente talvez eu deva lhe dizer algo sobre nós, de modo que você possa fazer uma ideia. De qualquer jeito nós queremos que você trabalhe conosco."

Eu aceno com a cabeça. Estou surpreso com sua amabilidade e fico imaginando que tipo de mentiras minha mãe deve ter contado para ele.

"ME não é para nós apenas um nome. O artista tem de ser ele mesmo; nosso propósito aqui é apenas ele e sua autenticidade. Aqui ele é aceito da forma que ele é. Ou melhor, ele é amado por aquilo que ele é! E isso não é mera retórica. Nós amamos nossos artistas. Naturalmente não foi sempre assim." Ele gargalha alto. "Mas, depois de nossos primeiros sucessos, tornamos uma premissa só assinar com aqueles que realmente amamos. Sabe, Mika, atualmente não está nada fácil no ramo da música. E em vez de dedicar minha vida inteira a alguém, apenas porque acho que ele ou ela poderia fazer sucesso, sendo que essa pessoa tem uma personalidade verdadeiramente intragável, prefiro trabalhar com artistas de que eu realmente goste, e assim posso afirmar, até mesmo no caso de um fiasco, que pelo menos me diverti. Outra regra na ME é fazermos no máximo três lançamentos ao mesmo tempo, de modo que possamos nos concentrar em peso no artista e em sua obra." Ele faz uma pausa e bebe um gole d'água. "Agora voltemos a você, meu caro. Estamos realmente impressionados com você e, se permite dizer, sou um grande fã do que você escreve."

Textos? Não pode ser. Será que minha mãe deu a ele meus poemas? Mas como poderia? Acho que ela nem sabe que eu escrevo poemas.

"Não me entenda mal. Também acho que são muito interessantes do ponto de vista musical, mas se me permite ser bem sincero, acho que a roupagem sonora não é muito moderna."

Roupagem musical. Moderna. Do que ele está falando?

"E agora vamos ao ponto. Como eu disse, nós da ME gostaríamos muito de trabalhar em conjunto com você, mas esperamos que você esteja aberto a aceitar isso literalmente: trabalhar em conjunto. Gostaríamos também de elaborar a parte musical junto a você. Tudo isso sem contratos, e se não chegarmos a uma visão em comum, você está livre para sair. Mas se me permite dizer, Mika, você ainda é muito jovem, e acho que nós da ME realmente temos um grupo de artistas que poderia ser de grande ajuda para levar seu trabalho a um outro nível."

Aos poucos penso que há uma confusão aqui, mas ele não faz sequer uma pausa.

"Nós estamos, por exemplo, com uma banda em estúdio no momento. Três excelentes jovens músicos. Realmente a melhor coisa que eu já ouvi, mas eles não estão conseguindo avançar direito, sobretudo no que se refere às letras. E se me permite ser bem direto: eu tinha a esperança de que você poderia talvez ajudá--los. Como eu disse, sou um grande fã do que você escreve. E em contrapartida você poderia então gravar algumas de suas canções com eles no estúdio. Somente como um teste, sem obrigação. E quem sabe se no fim minha visão não levanta voo, e seu talento para os textos se case realmente tão bem com o som deles, como eu espero. Então, o que você acha?"

Eu não faço a mínima de como devo reagir. Ele está tão entusiasmado consigo e com sua ideia. Eu de preferência deveria entrar no jogo dele e prosseguir com a confusão, como naquela peça de Shakespeare que uma vez tivemos de ler na escola. Mas em algum momento eu seria pego, provavelmente mais cedo do que se possa pensar, e daí... afinal, eu estou aqui diante do descobridor de Gregory Marcs! E mesmo que eu não acabe realmente podendo gravar uma canção com uma banda de verdade num estúdio de verdade, não consigo imaginar nada melhor do que trabalhar para ele.

"Não sei", eu digo.

"O que posso fazer para dissipar as suas dúvidas, caro Mika?"

"Não, não é o caso, mas eu acho que eu não sou quem você está pensando que sou."

"Ah, não seja tão modesto. Eu reconheço um grande artista quando o vejo."

"Quero dizer... eu não sou cantor."

"Bob Dylan também não era cantor. Ou Jim Morrison. Ele cantou apenas para levar seus poemas até as pessoas."

"Não; então, há uma confusão aqui."

Josh Goldmann olha para mim através das lentes grossas de seus óculos com os olhos bem apertados. Ele faz uma pausa e tenta controlar novamente a situação.

"Eu sou o filho de sua médica", eu explico.

"Minha médica?"

"Sim, então, a cirurgiã que o operou faz pouco tempo."

"Sim...", diz Josh, em expectativa.

"E ela me disse que eu deveria vir aqui às duas da tarde para falar com você sobre um estágio."

De repente, esse homem de 120 quilos solta uma gargalhada sonora. Ele se levanta e gira em torno de seu próprio eixo. Daí ele coloca a mão sobre meu ombro e se acalma lentamente.

"Meu caro jovem. Pode-se ver aí o que me acontece quando eu falo sem ponto ou vírgula." E ele novamente solta sua gargalhada alta de *staccato*. "Me desculpe, caro Mika." Ele se acalma e continua. "Eu já estava surpreso. Eu tinha certeza de que o nosso encontro seria somente na próxima semana. Um estágio, então. Sim, certo, eu havia falado com sua mãe sobre isso. Na verdade, eu devo algo a ela. Graças a ela eu posso agora novamente saborear um *fois gras* acompanhado de uma bela taça de Sauterne. Mas, como você vê, não está acontecendo muita coisa agora aqui no escritório. Todos estão fora. Mas, em todo caso, me conte pelo que você se interessa."

"Então, eu gosto de ouvir música."

"Que tipo de música? Mas agora não me diga, por favor, que gosta da parada de sucessos de cima a baixo."

"Não, eu gosto de rock e blues. Portanto tudo a partir do inicio da década de 60 até o fim dos anos 70."

"É mesmo? Mas isso é incomum. Qual é então a sua banda favorita?"

"Não sei exatamente. São muitas, mas nenhuma em especial."

"Aí você vai ter que me explicar."

"Pois é, eu acho que a banda perfeita seria Jon Bonhem do Led Zeppelin na bateria, Jimi Hendrix na guitarra, Paul McCartney no baixo, Ray Manzarek do The Doors no teclado, e Elvis como vocalista."

Josh ri alto de novo.

"Eu também gostaria de ir nesse show. Uma formação nada má, meu jovem. Preste atenção, eu acabei de ter uma ideia. A banda que temos agora em estúdio poderia agradá-lo muito. Como seria se você fizesse um estágio por duas semanas lá? Daí você pode ver como nasce o bom rock."

"Isso seria realmente ótimo."

"Pois então. De qualquer jeito tenho de dar uma passada para vê-los no estúdio. Vou levar você comigo lá e apresentar a eles."

Ele coloca seu celular no bolso e logo já estamos a caminho da saída.

Minha pulsação, que havia acelerado por causa da subida até o sétimo andar, não melhorou durante a conversa, e agora eu caminho para um ataque de pânico daqueles. Se Josh e eu ficássemos presos no elevador, ele certamente pularia o item "sorteio" do programa e me comeria o corpo vivo, no instante que seu mimado estômago exigisse. Quando passamos pelo balcão da recepção, Claudia nos deseja um ótimo divertimento no estúdio e lança um sorriso promissor. Claro que ela supõe que eu seja o futuro Gregory Marcs.

"Você também pode ir, Claudia", diz Josh a ela ao sair, enquanto ele volta a digitar alguma coisa em seu celular.

"Muito obrigada, chefe."

E lá estamos novamente diante dos elevadores. Eu começo a suar de novo. O que é que eu posso fazer agora? De preferência, eu iria sairia correndo sem dizer uma palavra. Direto para as escadas, descendo a pé. Eu poderia dizer a ele que é uma forma de eu me exercitar, ou que eu simplesmente gostaria de ver se sou mais rápido do que o elevador. No entanto, enquanto eu ainda estou pensando em meu plano de fuga, abrem-se as portas da câmara da morte. É um elevador pequeno. Talvez para quatro pessoas. Josh vale no mínimo por três. Será que essa coisa vai aguentar?

Como num transe, eu sigo atrás de Josh para a sala de tortura. Meu coração dispara, o suor escorre, e eu não sinto o chão sob meus pés. Tenho medo de cair a qualquer momento. A descida rasante me provoca, como sempre, uma vertigem. Quando o elevador para, sinto uma reviravolta em meu estômago, como acontecia quando eu era criança e andava no carrossel do parque de diversões. Mas a montanha-russa continua e eu me vejo no banco do passageiro de uma Mercedes de luxo. Já na saída do estacionamento, Josh acelera o monstro negro até quarenta quilômetros por hora, para então entrar numa pista pela contramão. Sem ligar o pisca alerta, sem dar a passagem e esperar. O velocímetro indica agora cem quilômetros por hora, mas não se ouve qualquer barulho do motor. Eu estou ficando cada vez menor. O imenso banco de couro parece me engolir. O carro quer me devorar e digerir para no final me cuspir através do escapamento.

Algumas moléculas restantes do meu ser viriam a ser sopradas na atmosfera e levadas pela corrente do Golfo em direção ao sul, onde eu então encontraria meu descanso final sob o sol do Saara.

Eu olho para Josh. Ele está bem relaxado e, com a mão livre, tecla um número qualquer no celular. Enquanto conversa sossegado com alguém, entra num viaduto e depois numa via expressa com quatro faixas. A estrela da Mercedes funciona como uma mira quando ele conduz o Tanque de Guerra alemão até meio metro do carro à frente, forçando-o então a dar espaço. Sem dar sinal. Uma calma demonstração do puro poder da arte de engenharia alemã.

Nossa velocidade média agora já chega aos 220 quilômetros por hora. "Por favor, aperte os cintos e coloque o encosto de seu banco na posição vertical. Trave a mesa a sua frente, estamos aterrissando nos portões do céu." Seria melhor se eu gritasse ou simplesmente empurrasse a porta e saltasse para fora. Eu também não rejeitaria agora um banco ejetável com paraquedas. Qualquer coisa seria melhor do que essa corrida que, acho, está quebrando recordes. Eu tento me distrair. Não vai acontecer nada com você, Mika, eu digo para mim mesmo. Você ainda tem quase dez anos. Tudo vai ficar bem. Quero pensar em algo bonito, em Claudia, por exemplo, a moça da recepção, de biquíni e debaixo de umas palmeiras na praia, no entanto Jesse Belvin entra à força em meus pensamentos.

A voz grave e calorosa de Jesse foi ouvida pela primeira vez em disco quando ele tinha dezenove anos. Porém, ele viria a gravar seu primeiro disco solo somente aos 26 anos. Antes disso, ele compôs inúmeros sucessos, entre eles o clássico *doo-wop* "Earth Angel". Gravada pelos Penguins, essa canção entrou para a história como a primeira em um disco de R&B que também fez sucesso nas paradas entre os brancos. Talvez tenha sido justo por isso que, anos mais tarde, Jesse Belvin e sua mulher, Jo Ann, tenham se tornado vítimas de uma fatalidade, em 6 de fevereiro de 1960, quando eles voltavam do primeiro concerto a ultrapassar as fronteiras entre as raças, em Little Rock, e morreram ao bater de frente com um carro vindo em sua direção. Jesse Belvin tinha 27 anos, e seu primeiro disco solo, que traz seu apelido, *Mr. Easy*, foi lançado postumamente, com grande sucesso. No entanto, eu vou morrer logo, sem uma obra-prima na bagagem e sem poder dizer que minha vida e minha arte aproximaram negros e brancos. Eu não vou morrer porque um fanático qualquer da Ku-Klux-Klan, vestindo capuz, queria brincar de camicase. Eu vou morrer, pura e simplesmente, porque estou no carro de um maluco, que acha que a vida vai durar eternamente, e que é tão fácil consertar um coração defeituoso como um carro quebrado. Na verdade, meu Holter deveria estar disparando seu alarme, mas mesmo que isso aconteça, como ele vai apontar minha localização com essa velocidade de cruzeiro?

Depois de dois minutos, Josh freia bruscamente, atravessa a faixa e pega de última hora a saída da via expressa. Os carros atrás de nós buzinam. Em seguida, vêm algumas curvas e finalmente o carro para na calçada em frente a um velho armazém.

Por favor, siga à esquerda até a saída. Você encontra suvenires como fotos e chaveiros na loja de lembrancinhas.

Passando a entrada há um longo corredor que leva até os banheiros e uma máquina de vender cigarros em uma grande sala de estar, com sofá, mesa de bilhar e tacos, um bar e uma cozinha completamente equipada. Em seguida, passamos por uma porta e chegamos a uma sala pequena com um armário de vidro repleto de computadores e aparelhos que piscam. No canto estão dois gravadores grandes, em que rodam dois carretéis. Somente quando Josh abre a porta é que eu escuto música.

A sala de controle é grande. Há vários sofás enfileirados em toda a parede do fundo. No meio da sala encontra-se um tipo de mesa prolongada, sob a qual há armário abertos com mais de cinquenta aparelhos diferentes conectados. À frente vê-se uma mesa de som certamente com oito metros de comprimento, que parece ser constituída de três partes. Acima dela, através de uma vidraça larga, pode-se olhar para a sala de gravação em que a banda toca, sob uma luz fraca. Os imensos alto-falantes que estão à esquerda e à direita da vidraça, na parede, nos permitem ouvir o que acontece do outro lado.

À frente da mesa de som está sentado um homem atarracado, pálido. Ao ver Josh, ele abaixa o volume do som.

"Peter meu caro!" Josh vai até ele com gestos largos, mas apenas lhe dá a mão, de modo entusiasmado. "Como estão as coisas?"

Pete responde com um "estão indo" quase incompreensível.

"Pete, meu caro, este é Mika. Ele é o filho da mulher que salvou meu estilo de vida, e agora eu queria fazer um grande favor a ela, e pensei que ele poderia fazer aqui, com você, uma espécie de estágio."

"Claro."

"Ótimo. Vocês podem combinar o resto."

A banda para de tocar, e os membros começam a discutir. "Essa batida não tem nada a ver."

"É muito cabeça."

"Bobagem, é totalmente Beatles; estou dizendo, é legal."

Ouve-se cada palavra como se eles estivessem na mesma sala que nós.

Decidido, Josh aperta um botão na mesa de som.

"Bem, eu também achei ótima."

"Josh."

"Ei, Josh!", falam do outro lado.

"Pausa. O chefe está aqui."

Primeiro vem o baterista pela porta que liga a sala de gravação à de controle. Ele está vestido só com shorts com a estampa do Pato Donald e enxuga o suor do rosto com uma camiseta. Sua compleição física é forte, seu corpo parece ser feito apenas de ossos e músculos, os cabelos são pintados de vermelho, e uma espinha agressiva e igualmente vermelha deforma suas feições marcantes. Ele tira um maço de cigarros de um bolso de seus shorts e acende um.

"A batida estava mesmo de foder, né, chefe?", ele pergunta a Josh, enquanto expira a fumaça ruidosamente.

"Sem dúvida, Leo, achei ótima."

Leo sorri com ar de desdém e satisfação para o baixista, que agora entra pela porta.

"Ei, Hot, o chefe achou de foder a batida."

Hot é alto e tem cabelos louros escuros cacheados. Ele tem um rosto de menina, em que apenas a barbicha no queixo serve de alusão ao cromossomo Y em seus genes.

"Eu não acho... mas também não quero dizer que ela... ah, não quero dizer que a batida seja ruim, ou uma merda, ou sei lá o quê, ela é apenas..."

Hot procuras as palavras certas. Ele está inseguro como um estudante chamado ao quadro pelo professor. Seu olhar busca alguém na sala de aula que lhe diga a resposta certa, quando o guitarrista chega por trás dele na sala de controle. Embora ele mantenha a cabeça para baixo e esteja jogado na cadeira em frente à mesa de som, seu carisma é incrivelmente intenso.

"A batida é cabeça demais. Hot não teve a mínima chance de chegar junto", ele diz para ninguém especificamente.

"Hot nunca teve a mínima chance de chegar junto, ainda mais a alguma coisa como uma xoxota", diz Leo. Ele está agressivo. Seus olhos se contraem quando ele traga seu cigarro de maneira apressada.

"Já sim", defende-se Hot, desanimado.

O guitarrista acena para Pete, o engenheiro de som, que está sentado quieto em sua cadeira e não faz menção de querer participar da discussão. Pete aperta um botão e gira um controle no meio da mesa. A guitarra aumenta a um volume ensurdecedor como se estivéssemos em um show ao vivo. Dela vem um *riff* que parece ser de um blues clássico, mas que surpreende através de diferentes variações harmônicas, e que de repente soa totalmente moderno. O som é duro e levemente distorcido, porém ele tem uma energia incrível que me ganha de imediato. Vejo-me correndo com um Lincoln Cabriolet vermelho ao longo da Rota 66. Sempre em frente. Nada pode me deter.

Aí entra a batida. O som é poderoso e ocupa todo o espaço. Ele preenche tudo atrás da guitarra. A percussão grave lateja em minha barriga, e a batida interrompe minha viagem que parecia não ter fim. De repente, surgem buracos e árvores caídas, de que tenho de desviar. O baixo parece tocar somente tons baixos. As frequências graves completam o som, mas no fundo o baixo não contribui em nada com a canção. O guitarrista faz sinal com a mão para parar, e Pete interrompe a banda.

"Victor tem razão", diz Josh de repente, em meio ao silêncio da sala.

Leo, que está sentado ainda balançando a cabeça entusiasmado com o compasso, olha completamente pasmado para Josh.

"Mas você acabou de dizer que tinha achado de foder."

"Essa foi a minha primeira impressão ao chegar, mas agora infelizmente tenho de dar razão a Victor."

Leo não diz nada e acende outro cigarro. De repente, Victor, o guitarrista, olha para mim. Seus cabelos negros caem sobre seu rosto pálido. Ele está vestindo uma calça jeans preta e uma camiseta preta com gola em "v". Até mesmo seus olhos parecem quase negros sob a luz fraca da sala de controle.

"O que você acha?", ele me pergunta.

Eu estou confuso, olho para Josh do outro lado, que por sua vez me observa com interesse. Então olho para Leo, que somente agora parece notar que tem mais uma pessoa na sala. Hot enrola um cigarro e parece ter decidido que prefere manter a boca fechada. Eu penso em fazer o mesmo, mas o olhar de Victor pousa cheio de expectativa sobre mim. Eu reúno toda a minha coragem.

"Então, quando a música começa", eu digo com o olhar voltado para o chão, "quando o riff de guitarra entra, ele se projeta para a frente." Eu não me atrevo a usar a imagem do Cabriolet vermelho. Eu estou a fim de fazer um estágio aqui de qualquer jeito, e já basta eu estragar as coisas com o Leo logo nos primeiros minutos, não quero criar logo de cara outras inimizades. "E quando a batida entra, ah, então, ela leva tudo para outra direção", eu digo.

"Para qual?", Victor me encoraja.

"Bem, eu esperava algo diferente. A bateria está de foder, bem potente e espacial. Mas a melodia parece que está segurando o impulso do *riff*."

Victor acena para mim de modo quase imperceptível e vira-se para Leo.

"Leo, não se trata aqui de quem tem razão ou não. A batida é muito cabeça. Ela tem de ir mais para a frente. Tente se deixar levar mais pelo *riff*."

"Eu também não sei", Hot toma a palavra de repente, "também ouço uma leve confusão no *riff*, isto é, como se algo bem mais animado coubesse aí, eu acho."

"O.k.", diz Leo, ainda levemente agressivo. "Eu só queria fazer algo diferente para variar."

"A melodia em si também é ótima", Josh tenta acalmar novamente a situação. "Talvez vocês pudessem fazer uma *jam* em cima disso e compor uma nova canção. Só não está combinando com o *riff* de Victor."

"Sim, a gente pode tentar fazer isso", diz Victor, que se levanta. "Mas agora vamos tentar primeiro achar algo diferente para essa música."

"Sim, pois é, talvez... como já foi dito, algo com uma mistura aleatória, ou seja, quero dizer...", Hot diz novamente, enquanto os três se encaminham para a porta da sala de gravação.

"Rapazes!", Josh os chama. "A propósito, este é Mika. Ele vai fazer um estágio aqui, se vocês não tiveram nada contra."

Eles se viram para mim e me olham. Victor apenas sorri e sai sem dizer nada coisa em direção à sala atrás do vidro.

"Sim, claro, por que não", diz Hot ao sair. Somente Leo permanece de pé, parado, por mais tempo, enfia o maço de cigarros de volta em seus shorts e, por fim, pergunta: "E você começa já hoje?".

Eu olho para Josh, não sei exatamente.

"Sim", Josh responde por mim.

"Bem, então pegue três cervejas para nós na geladeira, lá dentro faz um calor da porra."

Já passa das nove da noite quando eu saio do estúdio. Depois das três primeiras cervejas, seguiram-se inúmeras outras, depois uísque, e sei lá quando apareceu também erva. Mas quando eu saio os caras já finalizaram um novo arranjo para a canção, com uma batida suingada, e já gravaram uma faixa-guia. Pete me explica que essa gravação serve como orientação, para quando cada um for gravar de novo, separadamente, sua parte. Ele diz que essa gravação de cada parte em separado é feita sobretudo por questões sonoras. Desse modo, evita-se sobreposições indesejadas de um instrumento no microfone do outro, e há mais possibilidades na hora da mixagem. Os caras provavelmente terão ainda uma longa noite, e eu, um longo caminho de volta para casa. Mas, como se trata apenas de um pequeno desvio no caminho, eu resolvo passar de novo no cemitério. Eu quero sem falta contar ao Lennart o que aconteceu. Os cartões de visita, a confusão de Josh, o estúdio, os caras, a música... Lennart não tem telefone. Eu nem sei onde ele mora. O cemitério é a única possibilidade de eu encontrar meu amigo. Muitas vezes chego a gastar meia hora explorando o lugar, sem encontrá-lo. Quase sempre entro então em um velório monótono qualquer, e observo a encenação, que é sempre igual. Parentes chorando copiosamente, os carregadores do caixão gemendo, as palavras dispensáveis do padre, a descida do caixão à sepultura. Apesar de o ritual ser sempre o mesmo, cada vez que eu saio estou com a estranha e libertadora sensação de ter sobrevivido a mais uma pessoa. Logo vou passar uma noite morna com meu amigo nesse monte de turfa fresca.

Nessa noite, os portões já estão fechados faz tempo, então uso uma passagem na cerca que Lennart havia me mostrado e começo a procurar por ele. Quase sem querer eu me encaminho à sepultura onde fiz hora recentemente, durante um enterro. Quem sabe ele não tem que atender um pedido ali.

Mas ele não está lá. A lápide já está de pé, parece que é nova, afinal há ferramentas por todo lado. O cheiro de terra fresca entra em meu nariz. Então, de repente, eu ouço um choro. Um lamento errante que invade o corpo e a alma. Quase inaudível em meio aos ruídos da noite e ao barulho dos grilos. Parece vir da sepultura.

Que bobagem. Eu não acredito em fantasmas.

Um grito de súbito e uma garrafa que se espatifa numa árvore ali perto. Eu caminho em volta da sepultura, lenta e silenciosamente, e olho com cuidado para detrás da lápide.

Lennart está recostado do outro lado. Parece, completamente bêbado.

"Oi, Lennart, acabei encontrando você."

Lennart não reage. Sua cabeça pende para baixo, como se seus músculos se negassem a fazer qualquer esforço.

Eu me ajoelho na sua frente. Tento olhar em seus olhos.

"Lennart... o que aconteceu? Tudo bem?"

Eu já o vi muitas vezes completamente chapado, no entanto agora essa visão me dá medo. Eu pego sua cabeça e o forço a olhar pra mim. Mas seus olhos desviam, não têm condição de se focar em mim.

"Lennart! Ei...olha pra mim! O que acontece com você?"

Ele aponta para a lápide atrás dele.

Eu solto sua cabeça e olho a lápide de frente.

Lá está escrito:

Lennart Pauls
Deus o levou de nós com apenas 21 anos
Você ficará para sempre em nossos corações
E ainda as datas de nascimento e morte do falecido.

"Eu entalhei minha própria lápide. Minha própria sepultura. Eu..."

De início, eu mal entendo o que ele diz, mas depois começo a compreender. Eu me lembro do enterro: os vários jovens, em meio aos quais eu quase não chamava a atenção. O discurso sem emoção de um professor universitário qualquer, que tinha o trabalho do morto sobre sua mesa, junto a outros cinquenta. Ele teria sido um bom aluno. Amado por todos. Não era ousado, tampouco era monótono. Um bom rapaz. Deixou-nos muito cedo, e por aí vai. Toda aquela merda que os sobreviventes inventam para transformar em heróis os que morreram. E eu me lembro de algo insólito. Os amigos cantam, num coro abafado, "*Nevermind*", do Nirvana. Supostamente a canção favorita de Lennart. Lennart, o morto. E agora Lennart, o vivo, tem justo que inscrever essa lápide. Seu sobrenome também é Pauls. Ele também está com 21 anos agora.

"Minha própria sepultura. Mas não estou deitado aí. Ainda não. Merda, eu inscrevi a lápide da minha própria sepultura. Eu já estou morto, então? Isso é uma piada? Merda, eu quero acordar!"

Eu me ajoelho novamente diante dele.

"Cara, você está acordado! Escute bem: isso é apenas uma coincidência. Não é você quem está morto aí. Eu estive no enterro."

"Coincidência..." Ele me olha com os olhos inchados e vermelhos, cheios de raiva. "Você não acredita de verdade numa merda dessas, cara!"

E ele tem razão. Provavelmente, ninguém pode entendê-lo tão bem quanto eu, compreender tão bem o seu horror. Ele inscreveu seu próprio nome numa lápide. Merda.

"Acabou, meu amigo. Eu não vou ficar mais muito tempo neste mundo. Eu vou dar uma viajada." Lennart tira uma pequena cápsula de seu pacote de tabaco e a engole. "Você vem comigo?" Ele segura outra pílula azul-clara diante da minha boca. Por algum motivo, eu abro meus lábios e ele a coloca sobre a minha língua. Daí ele me oferece uma garrafa de uísque já quase vazia.

"O que era?", eu pergunto, depois de engolir a cápsula como que guiado por controle remoto. Ela parece imensa em minha garganta. Como se eu estivesse engolindo uma pedra.

"Ecstasy. Ecstasy puro."

Eu não entendo nada. Mas já imaginava que não se tratava de açúcar.

"O ecstasy te deixa bem perto da felicidade", Lennart anuncia.

Aos poucos ele fica mais alegre. Ele se levanta cambaleante e anda em torno da sepultura. Ele tira o pau da calça e mija na lápide recém-talhada.

"Olhe bem para isso, seu velho vagabundo!", ele grita para o céu. "Seu cego de merda aí em cima. Seu punheteiro mentiroso. Abra seus olhos cansados! Eu estou mijando na minha própria sepultura! E eu cago em você e na bosta da sua criação divina!"

Lennart põe seu pau de volta na calça e se senta. Eu me acocoro ao lado dele. Ele se acalma lentamente, se inclina pra trás, olha as árvores, respira fundo e de maneira compassada.

"Agora vamos fazer uma viagem juntos", ele diz e olha pra mim diretamente nos olhos. "Que bom que você está aqui, meu amigo. Não tenha medo."

Um calafrio me atravessa o corpo.

"Você não precisa ter medo. De nada nem de ninguém, Mika. Não há nada de que você deva ter medo."

Eu não tenho noção do que ele está falando. Não parece ser Lennart, e sim como se alguém estivesse falando através dele.

"Você não tem culpa, Mika. Você não cometeu nenhum erro. Você é a vítima. Uma vítima da humanidade e sua sociedade. Não se torne uma vítima de si mesmo. Não tenha medo, está me ouvindo, Mika? Você não precisa ter medo!"

Ele se contorce. Seus dedos formam punhos cerrados, e ele inspira contorcendo-se de dor. Com olhos fechados e voz baixa, ele diz: "Merda, estou entrando pelo cano, cara. Muita birita. Estou ficando maluco".

"O quê? Como é?" Ainda tonto com seu discurso, que não parece ter sido seu, todas as luzes de alarme disparam em mim. "O.k., o que eu tenho de fazer? Lennart, diga-me apenas o que eu devo fazer, e eu faço."

De uma hora para outra eu fico bem desperto e concentrado. Preparado para tudo. Ele está enlouquecendo, ele disse. E que está entrando pelo cano.

"Eu estou aqui, Lennart. Mas você tem de me dizer o que é para eu fazer."

Ele respira calmamente. Parece estar se concentrando.

"Me leva para o hospital."

"Tudo bem." Eu me levanto de imediato e o ergo com dificuldade. "Você pode andar? Tente me ajudar um pouco, o.k.?"

"Sim, o.k.", ele diz, compreensivo como uma criança, cuja mãe pede que ele pelo menos ajude a colocar o lixo para fora, na hora de ajudá-la com as tarefas domésticas. Eu coloco seu braço em meu ombro, e a gente caminha tão rápido quanto suas pernas permitem em direção à saída principal. Tenho a sensação de que devo mantê-lo conversando.

"O que você está sentindo, Lennart? Me explique o que você está sentindo."

"Eu estou saindo de mim mesmo, sabe?"

"Como assim?"

"Estou me separando do meu corpo. Em breve, serei apenas alma. Como os budistas, sabe?"

"Sim, eu entendo." Eu apresso o passo. Ele está enlouquecendo, nós não temos mais muito tempo. "E é uma boa sensação, Lennart?"

"O quê?"

"Ser apenas alma?"

"Assustadora."

Ele não vai conseguir.

"Você não precisa ter medo, Lennart, você está me ouvindo? Eu estou com você."

A ironia macabra das minhas palavras só se torna clara para mim mais tarde. Eu, a reencarnação do medo, o aconselho a não ter medo porque estou ao seu lado. Porém, nesse momento, eu realmente não tenho nenhum medo próprio. Só medo por ele. Meu amigo.

"É ótimo que você esteja comigo", ele diz, afetuosamente.

"Sim, eu também gosto de estar com você. E juntos vamos conseguir dar um jeito nisso, certo?"

"Sim, vamos conseguir."

"Agora eu vou levar você para o hospital. Apenas fique comigo, certo?"

"Eu fico com você."

Nós chegamos à rua principal à frente do cemitério. Tem um ponto de táxi não muito distante, e dois carros estão esperando com as luzes acesas. Eu aceno apressado, enquanto caminhamos até eles. O carro da frente liga o motor e vem até nosso encontro. Aliviado, eu abro a porta traseira e ajudo Lennart a entrar. Depois dou a volta em torno do carro e me sento a seu lado. Ele parece ter entrado na fase de pico da droga. Ele cumprimenta o motorista do táxi de um modo muito educado.

"Muito boa noite. O senhor poderia nos levar o mais rápido possível para o hospital? Seria de grande ajuda para nós."

Eu o interrompo.

"Lennart, deixe comigo por um instante, beleza?"

"O.k., o.k., eu só queria ser educado", Lennart diz, ressentido.

"Você foi educado, Lennart. Muito educado."

Eu o pego pelo braço para consolá-lo. Confuso, o motorista do táxi olha para mim. Curto e grosso, eu digo apenas duas palavras: "Hospital. Rápido". De imediato, ele parece reconhecer a gravidade da situação e põe o pé na tábua. Assim que o semáforo permite, a gente dispara pela cidade ao anoitecer.

"Eu gosto tanto de você", Lennart diz, ainda em meus braços.

"Eu também de você. E a gente vai conseguir. O taxista está nos levando para o hospital."

Lennart levanta a cabeça de meu peito.

"Sim, um cara muito simpático, o taxista. É realmente muito amável da parte dele." Ele fala com a sinceridade desconcertante de uma criança de cinco anos de idade. Preocupado, nosso motorista olha pelo retrovisor. As ruas estão completamente abandonadas, e agora ele também começa a ignorar a maioria dos sinais vermelhos.

"Mika, eu gosto tanto de você. Você sabe o quanto eu gosto de você?"

"Sim, eu sei, e eu te amo também."

"Isso é bom."

"Como você está se sentindo agora, Lennart?"

A temperatura do corpo dele sobe. Uma incrível aura de calor o circunda. Ele é uma usina nuclear humana. Tão quente que eu começo a suar.

"Você sabe o quanto eu gosto de você? Você não sabe de jeito nenhum", ele recomeça.

"Se você gosta de mim somente a metade do que eu gosto de você", eu digo, "então eu posso imaginar. Você é meu melhor amigo."

"Mesmo?"

Agora Lennart olha para mim. Suas pupilas estão imensas. Dois buracos negros profundos e sem fim, que engolem tudo que veem.

"Sim, mesmo", eu insisto. "Você é meu melhor e único amigo."

"Isso é bom", Lennart diz, enterrando-se novamente sobre meu peito. Eu consigo sentir seu coração batendo. E ele está ficando cada vez mais quente.

"Falta quanto ainda?", eu pergunto ao taxista.

"Estamos chegando." Ele está completamente compenetrado. De repente, lança olhares preocupados para o banco de trás. Talvez ele esteja pensando que poderia ser seu filho. Nós chegamos ao hospital. Não há nenhum porteiro na guarita, por isso somos obrigados a seguir as placas em direção à emergência. No entanto, o lugar é muito complicado e confuso. Provavelmente nem minha mãe sabe onde fica a emergência aqui. O motorista dá ré várias vezes, entrando em ruas diferentes.

"Quando a gente vai chegar lá?", Lennart pergunta, como fazem as crianças saindo em férias.

"Logo", eu o tranquilizo.

O taxista começa a se desesperar. Vejo que ele está quase chorando. Será que ele será culpado por esse rapaz não receber a tempo o socorro que possa salvá-lo?

"Está tudo bem", agora eu o acalmo também. "A gente vai conseguir. Acho que vi uma placa no último cruzamento."

O taxista se recompõe e dá ré.

"A gente vai chegar logo?", Lennart repete sua pergunta.

Com uma freada brusca, paramos diante da fortemente iluminada entrada de emergência. Lennart começa a vasculhar seus bolsos. Quando eu chego a seu lado e abro a porta, ele já pagou o motorista e agradeceu de modo efusivo. "Muito obrigado. Foi ótimo andar no seu táxi. Talvez a gente possa se ver de novo."

"Tudo bem, rapaz", o motorista diz.

Eu ajudo Lennart a sair do carro e coloco seu braço em volta de mim.

"Acho que você tem de me ajudar, Mika. Eu não consigo mais sentir o chão."

Ele cai. Ele não vai conseguir.

A porta se abre automaticamente e adentramos a sala de espera inundada de luz neon. De imediato, o cheiro de hospital penetra no meu nariz. Essa mistura de doença, morte e desinfetantes. Não tem ninguém ali.

"Olá? Com licença, alguém poderia nos ajudar?", eu pergunto.

Lentamente, um enfermeiro gordo se arrasta para fora da sala de recepção.

"Ah, o senhor está aí", eu digo, aliviado. "Meu amigo teve uma overdose. "ecstasy, disse ele."

"E o que temos a ver com isso?"

"Não faço ideia. Por favor, ajude ele!"

"Isso não é problema nosso", disse o enfermeiro, totalmente desinteressado. "Se seu amigo quis se matar, isso não tem a ver conosco. Já temos trabalho suficiente com os pacientes que querem viver."

"Mas foi um acidente! Ele não queria se matar", eu explico. "Por favor, chame um médico!"

"Seu amigo tem plano de saúde?", pergunta o enfermeiro, entediado.

"Claro", eu respondo, sem saber se é verdade. "Por favor, chame um médico. Ajude ele!"

"Espere ali na frente."

Ele indica uma fileira de cadeiras de plástico. Daí ele desaparece lentamente, do jeito que veio, de volta para a recepção.

Espere. Esperar. Pelo quê? Que ele pire? Que se perca nas drogas? Que bata as botas?

Eu descubro uma cadeira de rodas estofada e sento o Lennart nela. Durante esse tempo todo, ele não disse sequer uma palavra, apenas olhou admirado a seu redor, interessado e entusiasmado, sobretudo com o que estava por perto. Eu empurro a cadeira de rodas em direção a outra porta aberta, que dá para o jardim. O olhar de Lennart repousa sobre árvores altas, através das quais trilhas com cascalho serpenteiam na escuridão.

"Você tem de esperar aqui um pouco, o.k.? Eu volto já."

"É lindo aqui!", ele diz, com olhos arregalados e a boca aberta. "Tão lindo!"

"Também acho. Fique sentado aí e aproveite a vista. Eu volto já."

Eu me apresso em direção à recepção. O gordo está falando aparentemente com sua irmã ou sua mãe. Ela também é um peso-pesado de desinteresse e tédio.

"Com licença, por favor. Quando o médico virá?"

"Se acalme, rapazinho", a mãe dele diz para mim, com seus olhos pequenos inchados.

"Ouça, meu amigo está morrendo lá fora."

"Eu já lhe disse que isso não é nosso problema", seu filho, o lutador de sumô, repete.

"O senhor não tem ideia de como isso aconteceu. Ele não tomou por vontade própria! Colocaram na bebida dele", eu invento.

"Seu amigo tem de preencher isso aqui, depois vemos como vai ser." A mãe dele, a elefanta, me entrega um formulário do plano de saúde. Lá fora, Lennart começa de repente a cantar a plenos pulmões. "Acalme seu amigo, ou vamos chamar a polícia."

"Melhor vocês chamarem um médico!", eu digo, já quase agressivo, depois corro até Lennart.

"Lennart. Você não pode cantar aqui."

"Mas como não?", ele pergunta entusiasmado. "Aqui é lindo."

"Sim, mas você está numa espécie de igreja, sabia? Aqui não se pode cantar nem falar alto, a não ser que o padre peça."

"Então o padre ainda vai vir?"

"Sim, mas somente quando você ficar quieto, está me ouvindo?"

"Sim", Lennart cochicha.

"O.k.", eu cochicho de volta. "E para você não ficar entediado, vai preenchendo isso aqui, beleza?"

"Beleza."

Eu dou a ele o formulário e uma caneta e ele começa as estudar as perguntas, muito concentrado.

Por fim, o médico chega. Ele parece bastante jovem e é consideravelmente mais amável do que seu comitê de recepção. "O que está errado com nosso amigo, afinal?"

"Ele bebeu muito e depois tomou uma cápsula de ecstasy."

"Prepare o quarto dois", o doutor dá instruções para monte de banha. "Eletrocardiograma e um exame de sangue imediatamente, por favor. Além disso, ministre duzentos e cinquenta mililitros de soro fisiológico a cada hora, por enquanto."

Lennart ainda está ocupado preenchendo o formulário. O médico dá uma olhada rápida no papel e me entrega. Daí ele se ajoelha diante dele. A letra de Lennart é indecifrável. No lugar onde seu nome deveria estar, aparecem hieróglifos de milhares de anos.

"Olá, eu sou Jens", o médico diz amigavelmente, diante dos olhos arregalados de Lennart.

"Eu sou Lennart", ele responde, como se estivesse orgulhoso de saber seu nome.

"Como você está, Lennart?"

"Ótimo! Aqui é tão lindo. Você também não acha?"

"Sim, é mesmo. Você gostaria de se deitar, Lennart?"

"Ah, sim!"

"Então venha." Jens vai para trás da cadeira de rodas e a empurra pelo corredor.

Eu o sigo até o quarto. Ele parece exatamente com o que se vê na televisão. Muitos aparelhos, uma cama, uma pia.

Jens ajuda Lennart a se levantar da cadeira de rodas.

"Eu tenho de tirar a roupa?"

"Seria muito prático, Lennart."

Na velocidade da luz, ele tira suas roupas e se aninha na cama.

"Agora eu vou colocar um acesso em você, Lennart."

Eu o vejo tirando duas seringas de uma gaveta. Eu fico conversando para que Lennart não perceba.

"Você é meu melhor amigo, Lennart, e eu nunca vou deixar você sozinho. Nunca. Você ainda se lembra de quando fizemos a brincadeira dos mortos famosos?"

"Sim, foi bem engraçado, e eu ganhei."

Jens tira agora a segunda seringa cheia de sangue. Lennart não percebeu nada.

Daí ele se vira para a elefanta, que acabou de colocar os eletrodos no peito de Lennart. "Por favor, leve imediatamente para o laboratório e passe os resultados direto para mim."

A mulher de duzentos quilos rola por mim com as duas seringas e sai porta afora. Jens afixa um conta-gotas na cânula no braço de Lennart e me acena indicando a direção da porta.

"Lennart, eu já volto, tudo bem?"

"Tudo bem", ele diz, completamente entusiasmado com os fios que o ligam ao aparelho de eletrocardiograma.

Diante da porta, Jens me puxa de lado.

"Como você está? Você também tomou o troço, não é?"

Somente nesse momento eu me dou conta de novo que o mesmo veneno está correndo em minha corrente sanguínea.

"Sim, mas eu não estou sentindo nada."

"Você tem certeza? Você também não prefere se deitar?"

"Não, obrigado. Realmente está tudo bem. Só acho que o Lennart bebeu muito antes."

"Isso seria desastroso. O exame de sangue vai nos esclarecer."

"Ele vai sair dessa? Quero dizer, ele vai sobreviver?"

"O corpo dele é jovem. Seu coração, provavelmente forte. Ele está com a pulsação de um maratonista na chegada, mas isso não deveria ser um problema. A temperatura dele está em trinta e nove e meio, e ele está muito desidratado, o que poderia levar a uma hipertermia. Mas podemos evitar isso também."

"Onde está então o perigo?"

"Na cabeça dele. Eu posso fazer pouco por ele além de reanimá-lo, se o coração dele parar. A questão é se sua psique vai sair dessa sem sequelas. Por precaução, eu já vou informar a psiquiatria. Eles poderiam assumi-lo diretamente e evitar o pior."

"Há algo que eu possa fazer?"

"Fique perto dele. Mantenha-o conosco. E ele deve beber muita água. Eu vou checar os resultados. Depois conversamos novamente."

"Jens?"

"Sim?"

"Muito obrigado."

"É para isso que estou aqui." E ele desaparece com seu jaleco ao entrar num outro corredor. Eu volto para o quarto de Lennart. Ele admira o gráfico no aparelho ao seu lado, que torna visível seu batimento cardíaco. 152, está escrito lá embaixo. Em repouso, é como se estivesse correndo. E ele também respira assim e o suor escorre por seu corpo. Eu lhe sirvo água num copo de plástico. Ele bebe tudo imediatamente. Eu volto a servir-lhe repetidas vezes, enquanto conversamos. Mantenha-o conosco, foi o que o médico disse.

"O que você está sentindo?", eu pergunto.

"É esquisito. Tudo em minha volta está em silêncio. Mas a minha voz... é como se ela estivesse na minha cabeça. Então quando eu falo, ela está alta e um pouco distorcida."

"Como quando a gente aumenta muito o volume da caixa de som?"

"Sim, mas não como se viesse de fora, e sim de dentro, entende?"

Ele conversa de um jeito relativamente normal de novo. A fase de criança pequena foi aparentemente ultrapassada, mas agora ele fica cada vez mais consciente de sua situação. Ele percebe que há algo de errado com ele. Ele está enlouquecendo.

"Eu morri hoje", ele diz de repente, com a voz baixa.

Seu rosto fica sombrio. Como se uma conclusão havia muito esperada tivesse finalmente vindo assolá-lo.

"Não, Lennart. Você está vivo. Olhe pra mim. Lennart, olhe pra mim!"

No entanto, ele se vai cada vez mais. Seu olhar está distante, para fora do quarto. Ele olha para dentro de si. Ele olha para a sua paisagem mais interna. Está deitado sobre campos verdes, sobe paredões rochosos, banha-se num mar gelado. Apenas a alma.

Quando eu saio do quarto, arranco os eletrodos do meu peito, tiro o aparelho do meu bolso e o atiro com força sobre o balcão, diante da elefanta e seu filho. Nunca mais vou entrar nesse hospital por vontade própria. Não há segurança na vida. Quando é para sua hora chegar, ela chega. Jens havia me colocado para fora quando o coração de Lennart parou e eles tentaram reanimá-lo. O que Lennart havia feito contra si mesmo? Qual o sentido disso tudo?

Eu não consigo chorar, mas meu caderno me ajuda. Escrevi regularmente nas últimas semanas, mas nessa noite tudo flui de meus dedos. Escrevo uma frase atrás da outra. Sobre o primeiro amor da minha vida. O primeiro amor perdido da minha vida. Sobre desamparo, desesperança, medo. E aí finalmente eu começo a chorar.

Eu chego no dia seguinte ao estúdio completamente exausto. Sinto-me estranho em meu corpo, não tenho mais certeza de que realmente tenha vivenciado o que aconteceu ontem. Uma tristeza sombria paira sobre mim com uma nuvem de tempestade. Apena Pete está lá e me cumprimenta, monossilábico. Daí ele me aponta uma garrafa que está sobre a mesa. Lá dentro parece que tem ouro líquido.

"Suco de laranja fresco. Eu faço todo dia de manhã", Pete explica. Ele pega um copo e me entrega. "Beba. Quem sabe assim você consiga organizar as coisas direitinho."

Então, eu faço o que me pedem, e começo me servindo da bebida gelada, agridoce, de vitamina C. Depois vou para a sala de gravação. Ela cheira a fumaça fria, os cinzeiros estão abarrotados, em todo lugar há garrafas de cerveja vazias. Os instrumentos, que ontem pareciam tão vibrantes nas mãos dos caras, me fitam mudos. Eu os observo bem, faço força para escutá-los, mas eles permanecem calados. Mais mudos do que uma árvore, mais inertes do que uma rocha. É preciso ter poderes mágicos para tirar, dessas placas de madeira, caixas e latas, a música que eu ouvi ontem.

Eu coloco o ar-condicionado no máximo, abro as portas e janelas do corredor, recolho as garrafas, esvazio os cinzeiros. Faço depois o mesmo no bar, na sala de estar, na sala de projeção e na sala de controle, onde Pete, debruçado sobre a mesa de som, ouve música. Ele botou tão baixo que eu quase não ouço. Depois que termino, sento-me atrás de Pete sobre um dos sofás. Assim que a música acaba, ele se vira para mim e diz: "Aquilo que baixo soa bem, soa fantástico alto".

Essa foi, portanto, a lição número um. Mika, fique esperto, assim você pode aprender muito.

Durante as duas horas seguintes, os rapazes vão chegando aos poucos. Todos estão indolentes e com ressaca, e cada um deles se serve de suco de laranja antes de qualquer outra coisa. A injeção de vitamina C parece que os deixa mais dispostos. Eles me mostram como funciona a máquina de café, e eu tiro *espresso*, *latte* ou *latte macchiato* para todos. Hot trouxe pão fresquinho, e um café da manhã festivo é posto à mesa, com todas as iguarias italianas e francesas que alguém pode imaginar. Todos estão surpreendentemente silenciosos. Como se concentrados. Talvez eles já se estejam se afinando para a gravação de hoje. Eu tenho a sensação de que eles estão concentrando em não dizer nada. Eles se esforçam para estar ali apenas para si mesmos, antes de obrigatoriamente terem que lidar de novo uns com os outros. Excetuando-se o mastigar alto e os barulhos de contentamento com a comida, somente as frases mais pragmáticas são ouvidas. "Você pode me passar a manteiga?", "Ainda tem *cream cheese* aí?", "Alguém mais quer café?", nenhum "por favor" ou "obrigado", nenhum discurso, nenhuma piada. Isso aqui é uma coisa séria, uma conferência da mais alta importância, com o ambicioso objetivo de se ficar saciado.

Depois que todos estão de acordo de que o objetivo foi alcançado, passa-se para o item seguinte do programa. Relaxar. No canto dos sofás, é hora de brincar, fumar, beber mais um café, navegar pela internet, jogar pebolim e fliperama. Eles fazem tudo o que é possível, menos música. Eu me sinto um tanto inoportuno no pedaço. Qual a minha tarefa, se eles não fazem nada? Se eu soubesse tocar algum instrumento, eu já estaria há tempos na sala de gravação e tocando com a alma. Quantos músicos têm sequer a chance de poder trabalhar num estúdio assim? Eu aproveitaria cada segundo, para mim está claro. Por outro lado, pode-se dizer o mesmo em relação à vida. A maior parte do mundo não tem a chance de crescer em meio a uma segurança tão cheia de luxos como nós. E aproveitamos cada segundo de nosso privilégio? Eu não. Então, o que eu estou esperando desses caras? Eles devem saber o que estão fazendo.

Por conta da quietude, as sensações da noite retornam. Eu pego minha mochila e me sento de novo no canto dos sofás da sala de controles. Peter ainda está ouvindo a mesma música. Ele aperta repetidamente algo no mar de botões da mesa de som. Vira-se com sua cadeira para um dos vários armários com diferentes aparelhos. Todos os indicadores estão acesos, os ponteiros se movem segundo o compasso. Volta e meia ele se levanta com dificuldade e enfia novos cabos numa caixa na parede, que se parece com aquelas velhas centrais telefônicas de filmes antigos. A música é sombria e melancólica, mas tocada de modo incrivelmente enérgico. Falta a parte cantada, mas a sensação é inequívoca para mim. Eu pego meu caderno e começo a escrever.

As imagens da noite passada correm diante de meus olhos internos, como um filme em câmera acelerada. Quando meu amigo se foi para um novo mundo, eu estava segurando sua mão. Eu, porém, fiquei aqui, deixei que ele se fosse. Jens disse que ele sobreviveria, mas não seria mais o mesmo. Eu vejo Lennart em sua vida, que ele levou de uma maneira intensa e independente, e em que não haveria mais espaço para qualquer outra coisa. Eu tinha deixá-lo ir, e não partir com ele, eu precisava deixá-lo dar os últimos passos sozinho e voltar por conta própria para o meu velho novo mundo.

Victor entra e se senta na outra extremidade da fileira de sofás. Ele pega uma guitarra que está ao seu lado e faz um solo baixo sobre a canção que nesse momento volta a ser tocada do começo. Sem olhar pra mim, ele pergunta:

"O que você está escrevendo?"

"Ah, nada demais."

"Nada demais", ele repete, se levanta e torna a se sentar com sua guitarra ao meu lado. "Este é um belo caderno."

"Obrigado, eu mandei fazer uma encadernação especial."

"Você mandou fazer uma encadernação especial para você, para depois não escrever nada nele?"

"Não, bem, eu escrevo o que se passa pela minha cabeça."

"Como um diário ou o quê?"

"Não, mais algo como... quer dizer, na verdade... eu escrevo poemas."

"Mesmo? Posso dar uma lida em um deles?"

Sinto meu coração bater na garganta. Nunca ninguém leu um dos meus poemas. Eu tenho muito medo de que não agrade e que e daí, por sua vez, perca o prazer de escrever.

"Não sei. Até hoje eu nunca mostrei pra ninguém."

"Sei como é. Mas algum dia você deveria fazer isso. Afinal, para que você está escrevendo? E eu te digo mais: esta é a circunstância perfeita. A gente não se conhece de jeito algum, e se eu não gostar, você pode simplesmente me rotular de idiota, de alguém totalmente sem noção."

No fundo, isso soa bem. Salvo que Victor é sem dúvida um gênio, e uma avaliação ruim de sua parte poderia me arrasar. Eu não sei o que se passa comigo quando eu abro o caderno e o entrego para ele ler os últimos versos que escrevi. Na verdade, sua tentativa de persuasão não me convenceu, mas, por outro lado, eu realmente gostaria de saber o que ele pensa.

Reflexivo e concentrado, ele lê os versos. Ele demora bastante. Pelo movimento de seus olhos posso reconhecer que ele está lendo do início ao fim repetidamente. Ele vira a cabeça em minha direção, olha para mim brevemente, mas seus olhos se voltam pensativos para a sala.

Ele não gostou. Sem dúvida alguma. Ele está pensando como pode trazer isso à tona de maneira cuidadosa. De repente, ele começa a sussurrar uma melodia quase inaudível. Ele tenta enrolar, de tão difícil que é para ele encontrar uma mentira adequada.

No entanto, ele se levanta subitamente e vai com meu caderno até a porta na sala de gravação. No caminho, ele diz para Pete: "Eu gostaria de cantar rapidinho uma coisa". Pete responde com um monossílabo. Daí ele volta a fita e acende a luz na cabine. Eu posso ver através do vidro quando Victor coloca o fone de ouvido.

"Você consegue me ouvir?", pergunta Pete.

"Sim", Victor responde. Ele está concentrado e segura meu caderno diante de seu rosto.

"Bem, então vamos fazer um som", Pete diz e inicia a fita.

Na primeira tentativa, Victor canta uma melodia com a voz baixa e de maneira fragmentada. Esporadicamente, algumas palavras encontram o caminho através de seus lábios. Após o refrão, ele pede a Pete que comece do início de novo. Dessa vez, ele canta meu texto inteiro, certinho e diante de todos. De forma espontânea, ele troca a posição de algumas palavras ou fica sussurrando, quando faltam algumas sílabas. Daí ele pega o lápis e anota algo num pedaço de papel que está no suporte das partituras.

Depois que a canção acaba, Victor diz, absorvido em seus pensamentos: "Só mais um minuto". Pete e eu estamos sentados mudos e ouvimos o grafite arranhando o papel. Daí ele se ergue e diz apenas: "O.k.", e Pete coloca a fita novamente.

Meu poema mudou. Alguns versos mudaram de posição, assim como uma ou outra palavra. Em alguns versos, palavras foram inseridas; em outros, ele as cortou, mas o conteúdo é o mesmo e combina perfeitamente com a melodia.

Nesse momento, Leo entra e se joga no sofá. Embora ele esteja um pouco irritado, ele olha para Victor na cabine e começa e ouvir com atenção. Ele batuca os dedos sobre os joelhos e balança a cabeça.

Daí Hot também entra na sala de controle. Ele fica de pé diante dos alto-falantes. Leo chama lá de trás: "Ei, Pete, aumenta!". Pete aperta dois botões, e de repente ouvimos tudo nas habituais caixas de som. Todos estão prestando atenção, olhando para o chão e balançam a cabeça. Quando a canção termina, Leo se levanta e aperta um botão. "Tesão, cara, sério." Porém Victor permanece concentrado. "Acho que agora eu consegui. Deixa eu repetir." Sem qualquer comentário, Pete começa a música a todo volume. A partir da metade, a tensão se dissipa na sala. Os rapazes se entreolham, acenando um para o outro. Leo grita: "Isso, velho". Hot sorri. O tempo todo eu estou sentado ali, rijo, e observando. Sinto-me ausente, sem condições de compreender o que acabou de acontecer. Ele realmente está em pé, cantando os versos que eu acabei de rabiscar em meu caderno? Em tão pouco tempo ele conseguiu extrair música dos meus pensamentos silenciosos? Sim, ele conseguiu.

Depois dessa "tomada", Victor retorna para a sala de controle. Ele olha rapidamente para os rostos entusiasmados de seus colegas e então se senta bem em frente à mesa de som e estica seus braços sobre ela. Ninguém diz uma palavra sequer. Pete aperta novamente os botões com que ele há pouco havia aumentado o volume e reinicia a música bem baixinho, como eu já conheço. Logo depois do primeiro refrão, Victor desperta de seus pensamentos e se vira para os outros.

"Cara, isso é realmente forte. Quando te ocorreu isso?", Leo pergunta.

"Pois é, eu me arrepiei todo", diz Hot.

"É isso, é exatamente isso que a canção precisava."

"Isso não é meu", Victor diz calmamente.

"Como assim? De quem é, então?"

"A gente tem o direito de usar?"

"Pergunte para ele", diz Victor, apontando para mim com um movimento de cabeça.

"Para ele?"

"Mika?"

"Como assim?"

"Porque foi ele quem escreveu."

De repente, reina o silêncio. Ninguém sabe como reagir. Todos me fitam. Mas Victor interrompe o mutismo.

"Mika, isso é realmente demais. Seus versos combinam perfeitamente e são ótimos para cantar. Você tem talento."

Eu não sei o que dizer. Estou feliz, mas não consigo demonstrar. Bem que eu poderia chorar, embora eu esteja tudo, menos triste. Pois uma coisa eu sei muito bem: o que eu acabei de ouvir nos alto-falantes me agradou muito.

"Sério, Mika, isso é seu?", Hot pergunta. "É realmente animal!"

"Josh planejou isso mais ou menos?", Leo supõe um complô.

"Que besteira", Victor diz. "Eu tive de convencer Mika a me mostrar. Eu simplesmente chamaria isso de destino.

"Você tem outras coisas assim, Mika?", Leo quer saber agora.

"Pois é, você sabe; afinal as letras são um caso sério para nós", Hot tenta explicar com cuidado.

"Ah, sim", eu digo. Minha confusão aumenta desmedidamente.

"Ele tem um caderno cheio", Victor me ajuda com a resposta. "E se você não tiver nada contra, eu gostaria de dar uma lida pra ver se encontro mais alguns versos que combinem."

"Ah, tudo bem", eu digo.

"Legal, obrigado, cara", diz Hot.

"É realmente muito bacana da sua parte", fala Victor.

"Agora temos um *ghost writer*", afirma Leo.

À noite, eles tocam a gravação para Josh sem fazer comentários. Ele ouve concentrado até o último som e dispara elogios efusivamente.

"Rapazes, isso é a melhor coisa que meus ouvidos já ouviram. Eu não sei o que aconteceu, mas é exatamente isso. São esses os versos que coroam a música de vocês. Victor, você se superou de novo."

Quando Victor explica tudo para ele, Josh fica calado. Vê-se como ele processa as informações: o pequeno estagiário, cujo nome ele não sabe mais, escreveu os tais versos. Leo senta-se ao meu lado e coloca o braço em volta de mim.

"E o melhor é que Mika tem um caderno cheio dessas coisas", ele diz.

"Bem, Mika, seja muito bem-vindo à família! Nós nos sentamos com calma amanhã à tarde para esclarecer como fica o contrato, as porcentagens e por aí vai, mas, até lá, vamos brindar ao nosso poeta caído do céu."

A noite fica longa e louca. No dia seguinte, Victor e eu sentamos juntos e damos uma olhada no meu caderno. Ele encontra dois poemas que, em sua opinião, ficam perfeitos com canções que eles já compuseram. E mais três, com os quais ele gostaria de fazer outras canções. Fora isso, ele pede a Pete que me entregue um CD com as músicas restantes que ainda não têm letra, para que eu veja se consigo me inspirar.

Nas semanas seguintes, de repente, reina um clima diferente no estúdio. Todos estão empenhados. Trabalha-se meticulosamente até tarde em cada canção e elas são gravadas. Uma música após a outra é finalizada, e a atual sempre supera a anterior.

Será esse meu futuro? É esse meu objetivo? Eu finalmente tenho um propósito. Minhas palavras ficarão registradas pra toda a eternidade. Pode ser isso. Live your dream!

Certa noite, a produção do álbum já está quase terminada quando Pete e eu somos os últimos a ficar no estúdio. Estamos sentados na sala de controle com um copo ou, melhor dizendo, três garrafas de vinho, e ouvimos o último disco dos Stones de que Brian Jones participou: *Let it bleed*, com uma de minhas canções absolutamente preferidas, "You can't always get what you want". Além disso, o disco tem um *cover* da canção "Love in vain", de ninguém menos que Robert Johnson, o primeiro membro não oficial do Clube dos 27. O álbum começa com a guitarra dura de Keith Richards e um coro afinado. Quando entra, então, a batida de "Gimme shelter", começamos a percorrer o céu num Boeing 747 em direção ao sul.

Brian Jones foi o guitarrista dos Rolling Stones. Mas as drogas, a maconha e seu consumo de álcool o tornaram, ao longo dos anos, cada vez mais não confiável. Num dado momento, a banda originalmente fundada por ele não viu outra possibilidade exceto a de se separar dele. Um mês depois, no dia 3 de julho de 1969, Jones foi encontrado morto na piscina de sua casa. Na mesma data, dois anos mais tarde, Jim Morrison seria encontrado na própria banheira.

Jones havia passado a noite com a namorada, Anna Wohlin, e um casal de amigos, o empreiteiro Frank Thorogood e Janet Lawson. Eles nadaram juntos, mas ambas as mulheres deixaram Jones e Thorogood sozinhos na piscina. Quando Thorogood voltou pra casa quinze minutos mais tarde, para pegar cigarros, Wohlin encontrou Brian Jones inconsciente no fundo da piscina. Juntos, eles tiraram Jones de lá e ele ainda estava vivo, afirmou Wohlin, mas quando a ambulância chegou já era tarde demais. Ele tinha 27 anos. Sua morte repentina por afogamento foi tida como acidental. Mas, décadas depois, o caso foi retomado pela polícia, dessa vez com suspeita de assassinato. O empreiteiro Thorogood teria confessado a morte de Jones em seu leito de morte.

Quando o disco termina, Pete se recosta contente em sua cadeira.

"Sabe", ele diz, "por isso eu faço meu trabalho com tanto prazer. Quer dizer, muitas vezes é entediante, eu não deveria te contar isso, mas eu também gostaria de, um dia, colaborar com algo grandioso."

Essa é a primeira vez que eu vejo o tão introspectivo Pete falar tanto e de maneira tão engajada, e ele até mesmo continua.

"Um dia eu quero fazer o som de um disco que sobreviva ao tempo. As pessoas como nós, duas décadas depois, vão ouvir e se inspirar. Ficarão felizes."

Eu aceno concordando com ele. Se ele soubesse como eu o entendo. Algo que sobreviva à morte de alguém. Que seja maior do que a própria pessoa. Isso tornaria minimamente suportável o meu inexorável fim.

"Sabe, Mika... a gente não conversa muito. Mas sei que há algo de grandioso em você. Eu sinto isso."

Pete se levanta da cadeira que, para mim, já quase pertence a seu corpo, como seu fosse seu quinto membro. Ele caminha até o gravador e coloca uma fita. Daí gira alguns botões na mesa e liga a luz na cabine de gravação de voz. As luzes vermelhas e amarelas se acendem em volta do microfone. Ele vai até a pesada porta de aço que leva até a sala de gravação e a abre.

"Não tenha medo", ele diz, fazendo um movimento convidativo com a mão.

Eu hesito.

"Mika, você não precisa ter medo. Não agora, não aqui, não de mim", diz ele, citando meus próprios versos.

Quando eu entro na cabine, sinto-me agradavelmente aquecido. Ainda noto o cheiro dos cigarros de Victor. A minha letra, com algumas alterações, ainda está sobre o suporte. Olhando daqui, a sala de controle parece escura. Eu coloco os fones de ouvido. Eles se grudam em minhas orelhas. Daí eu ouço a voz de Pete. Ela está calma e concentrada.

"Mika, diga-me quando estiver pronto. Não se preocupe, tente tantas vezes quantas forem necessárias. Eu estou aqui."

Eu me aproximo do microfone. Aproximo meus lábios da proteção escura sobre ele. Baixinho, eu digo: "O.k.".

Um ruído. Depois a introdução de Leo. A guitarra de Victor toca a melodia que eu já conheço tão bem. Cada corda tocada, cada som parece sair à custa de grande sacrifício. Eu também me supero e canto os primeiros versos. Eu não acompanho os tons. Minha voz para repetidamente. Eu perco o terceiro verso. Pete interrompe o *playback*.

"Mika, confie em si mesmo. A letra é sua. Tente não cantar. Conte para mim. Não preste atenção em sua voz, mas apenas naquilo que você diz."

E logo ele retoma a canção. Novamente a introdução e a guitarra. Eu olho para a letra e me lembro das circunstâncias em que eu a escrevi. De repente, eu vejo Lennart diante de mim. Eu ao lado dele na cama do hospital, segurando sua mão. Por causa da lembrança, eu acabo perdendo a introdução, mas Pete deixa seguir.

Após uma breve irritação, tenho novamente a imagem diante de mim, e eu entro na segunda estrofe. A bateria me carrega para as palavras seguintes, e então eu me perco. Na música, na letra, em lembranças, em mim mesmo.

Depois que o último som se vai, eu volto a mim mesmo. Eu nunca me senti assim, nunca experimentei algo parecido. Eu nunca fui assim.

No dia seguinte, ao chegar ao estúdio, os rapazes e Josh já estão sentados na área do bar.

"Mika, nós estávamos esperando por você", diz Josh, em seu tom sempre muito educado. Normalmente, a essa hora, algumas gravações já estão sendo feitas. Independentemente de quão louca a noite anterior tenha sido. "Eu queria que você estivesse aqui."

O hiperativo Leo não quer mais esperar muito tempo. "O que é agora, Josh, vamos começar logo com isso."

"Calma. Eu queria mostrar algo fantástico para vocês. Isso vai mudar as suas vidas. Ou melhor: o mundo todo!"

Acostumados com os superlativos de Josh, nós o acompanhamos, céticos, até a sala de controle. Ela está como sempre, desde que ele nos concedeu o luxo de uma faxineira, limpa e arrumada. Nenhuma marca de ontem. Tudo novo. Mas Pete não está lá. Sua cadeira está vazia.

"Sentem-se." Josh faz um gesto largo apontando os sofás, mas Hot e Leo permanecem de pé diante das caixas de som, e Victor se senta na cadeira de Pete diante da mesa. Eu me acomodo perto da parede atrás do sofá e, por isso, vejo os rapazes apenas por trás, e observo como Victor se debruça sobre a mesa numa pose habitual, com os braços cruzados. Josh aperta um botão no controle remoto do gravador e liga as caixas de som na mesa.

Fico com medo.

Não pode ser verdade. Isso não pode realmente ter acontecido. Será que ele...? Será que ele quer agora...?

A introdução de Leo, depois a guitarra de Victor. Entra a parte cantada. Mas eu nunca ouvi essa voz. Sinto-me aliviado e solto o ar com força. A voz é quente e redonda. Ela canta a letra de forma mais breve do que Victor. Frágil e dolorida, ela parece mais contar do que cantar algo. Ela se insere maravilhosamente na música, sem se perder. Ela parece estar de pé diante de alguém, cantando diretamente para essa pessoa.

Quando a canção termina, Josh para o gravador e olha para cada um de nós. Ele espera. Espera que Victor se levante de novo e diga algo. Mas ele prossegue debruçado olhando para os canais.

Eu olho pros outros rapazes. Eles também estão esperando a reação de Victor. Josh cuidadosamente coloca sua mão sobre o ombro estreito do líder da banda. Daí Victor diz pra si mesmo, baixinho: "Era isso".

Ninguém se atreve mais a respirar. Victor se levanta e se vira para os outros. "Simplesmente fantástico", ele diz, com seriedade. De repente, ele está olhando diretamente para mim. "Isso é ótimo", ele repete, o olhar na minha direção. Daí ele sai da sala. Os outros rapazes o seguem logo em seguida.

Josh vem até meu encontro e se senta no sofá ao meu lado. Como antes com Victor, ele coloca sua mão sobre meu ombro.

"Mika, você é a voz dessa geração."

Eu não entendo nada. Todos parecem ter entendido antes de mim. Eu não reconheci minha voz! De tão diferente e estranha que ela me soou.

Não há qualquer discussão, ou eu não percebo que haja. Na verdade, não me perguntam nada. Josh toma as providências para que tudo simplesmente aconteça. Contratos são redigidos, eu vou receber um adiantamento e passarei as próximas semanas sozinho com Pete no estúdio, para cantar todas as músicas novamente. No meu aniversário de dezenove anos acontece uma grande bebedeira, quando sou oficialmente apresentado como novo membro da banda. Josh faz um de seus discursos efusivos, e depois os rapazes me abraçam, um após o outro. Até mesmo Victor, que em geral evita contato físico, me segura forte em seus braços. Depois ele me olha inseguro nos olhos e diz apenas: "Vai ser ótimo".

Em breve faremos nosso primeiro show. Durante três semanas nos encontramos todos os dias para ensaiar. Mas logo fica claro que não há nada pior do que isso. Nossa chamada sala de ensaio fica num antigo *bunker* antiaéreo da Segunda Guerra. Nessa prisão pequena, sem janelas, abafada, faz muito calor e, acima de tudo, barulho. As paredes são feitas de concreto com metros de espessura. Elas simplesmente reverberam todas as ondas sonoras de volta para a sala. A bateria explode em rugidos e trovões, como se um ataque aéreo quisesse nos reduzir a escombros e pó.

Para se ouvir qualquer coisa em meio a esse barulho todo, os rapazes têm de aumentar realmente muito seus amplificadores, e o resultado é que eu, dentro da caixa de batatas chamada de cabine, não consigo ouvir minha voz de modo algum.

Nós tentamos nos convencer de que um show deve ser uma coisa única, um acontecimento que nunca se repete, algo que viva de sua espontaneidade e de maneira nenhuma ensaiado até a morte como uma apresentação de balé. Nós nos sentamos pelo chão da sala, fumamos, bebemos café, lemos revistas de música. Começamos a beber logo cedo. Cerveja, uísque, vodca, gim. Parece que estamos numa prisão. Como se tivéssemos de cumprir uma pena até que soe o sinal de "caminho livre" e que possamos andar novamente sobre os escombros de nossa cidade, para ver o que ainda resta de nossa antiga vida.

Nosso assunto preferido são as atuais estrelas adolescentes que sorriem para nós com seus dentes clareados nas coloridas revistas dos teens. Somos da mesma idade da maioria deles, mas a ideia de que algum dia talvez também possamos posar para uma capa daquelas é estranha. Nós cobrimos as paredes cinzentas de nossa cela com os pôsteres impressos em papel muito fino que se encontram no meio das revistas. Bandas de garotos, vencedores de concursos de elenco, estrelinhas da *dance music* europeia, jovens atores, modelos, apresentadoras de televisão... todos sorriem seu efêmero sorriso de "nós chegamos lá".

"Cara, como ela é gostosa", diz Leo, ao colar sua última descoberta num espaço livre. "Eu quero comer ela."

"Mas ela ainda é virgem", diz Hot.

Todos riem. Cherry, seu nome artístico, finge ser a eterna virgem. O que faz sentido, porque Cherry, cereja em inglês, é uma gíria para virgem. Eu me pergunto que droga o dono da gravadora deve ter tomado quando ele pensou nesse nome. "*Popping the cherry*" é nada mais que uma expressão popular para defloração, e agora temos uma cantora pop virgem chamada Cherry.

"E não é ela própria quem canta", diz Victor.

"E daí? Comigo ela só tem mesmo é que mover os lábios", Leo contra-ataca.

"Mas você já ouviu a merda com que ela está ganhando dinheiro?", pergunta Hot.

"Eu também acho que a pessoa é o que faz. Eu não poderia estar com uma pessoa que se vende por algo assim", Victor deixa seu ponto de vista registrado.

"Quem está falando aqui em relação? Eu disse comer. Foder, trepar, transar, enfiar, o bom e velho jogo de entrar e sair."

"Tudo bem, a gente entendeu!", Victor encerra a discussão.

Eu me contenho. Acho que todos têm razão. A música é a última coisa. Era a música dessa garota que estava tocando quando eu fui para o hospital de táxi, depois que meu coração parou. Mas ela também é muito gostosa. Eu olho para a fotografia em formato de retrato, tirada com um fundo branco. Ela está lá, numa pose provocante, os braços cruzados atrás dos cabelos loiros, e revela, com uma blusa curta, sua barriga reta, definida, sem piercing. Embora esteja sorrindo, suas discretas sardas circundam um olhar melancólico e penetrante. Metidas em shorts curtos e apertados, suas pernas não se tocam em lugar algum, embora elas estejam bem próximas. Na virilha, onde as coxas normalmente formam um v, a buceta dela parece uma ponte a conectá-las. Portanto: ter algo sério com ela, melhor não. Todo o resto: imediatamente, sem falta, ali mesmo. Adoraria que a minha primeira transa fosse com ela. Na verdade eu sou o único na banda que ainda não fez sexo. Live your dream!

"Agora olhem para essa!", Leo já está no pôster seguinte. Abrindo as páginas na horizontal, ele mostra uma banda de garotos qualquer e Leo segura-o diante do peito. Ele aponta com o dedo para o rapazinho à esquerda.

"Esse é o Max. Ele é o sensível. Seus cabelos louros e seus olhos azuis derretem o coração de qualquer um." Ele mostra o seguinte e continua sua aula. "Esse é Michael. Ele é o mais velho e o irmãozão dos sonhos de toda menina. Ele é um sujeito fiel, para casar e ter filhos. Esse aqui é o Micky, o louquinho. Com ele a gente ri sempre e com ele a gente se diverte de outras maneiras também. O próximo é aquele em torno do qual o grupo foi formado. Ele não é especialmente bonito, não sabe dançar bem, e suas entradas entregam que ele sofre de uma queda de cabelos de origem genética. Mas ele é o principal vocalista e escreve a maior parte das canções. Ele é o mentor musical, portanto em nada interessado por garotinhas. E por último temos o melancólico Mika."

Todos riem. Leo simplesmente não consegue ser diferente. Em algum momento, ele tem de tirar um barato da cara de alguém.

"As garotas sonham com ele. Elas querem saber o que ele está pensando. Elas querem confiar a ele suas preocupações e necessidades. Ele deve pegá-las firmemente em seus braços e dizer: 'Chore, desabafe tudo.'"

"Mas se Mika é esse aí, quem de nós são os outros?", Hot quer saber.

"Isso está completamente claro!" Leo começa novamente, a partir da esquerda. "Então, o docinho, esse é sem dúvida você, Hot. Embora você seja o irmão mais velho ao mesmo tempo. O maluquinho é naturalmente ninguém menos que eu mesmo, e o mentor é Victor."

"Então eu sou feio e desinteressante", Victor constata.

"Não, cara. No nosso caso é diferente. Aí o maluquinho é também o mais caliente."

Leo enfia o dedo indicador na boca e o lambe. Daí ele passa o dedo em seu ombro e faz um barulho como o de água caindo na boca de um fogão. Hot entorta os olhos.

"Ah, sim, tudo bem."

"Mas então fomos realmente muito bem escolhidos", diz Victor.

"Sim, e além disso a gente ainda faz um ótimo som", vangloria-se Leo.

"Sim!", grita Hot.

"Eu digo uma coisa, pessoal, as bucetas vão ficar encharcadas de felicidade."

"Esse é nosso Leo. Só tem uma coisa na cabeça", constata Victor, resignado.

"E o que há de errado com isso? Afinal de contas eu sou um homem."

Todos seguram a risada. A palavra "homem" não é realmente um atributo que se poderia conceder de primeira a Leo, com suas espinhas pós-puberdade.

"Mas a gente não consegue posar como eles", Hot retoma o assunto da banda de garotos.

"Claro que sim. O que eles conseguem nós conseguimos já faz tempo." Leo quer tentar fazer isso imediatamente. Ele pendura o pôster na parede e coloca na nossa frente a câmera com que Josh nos presenteou para documentar o dia a dia da banda.

"Agora vamos, coloquem-se ali!", Leo nos dá instruções como se fosse um profissional. "Hot, tire o pulôver, Mika, tire a camisa. Fiquem mais próximos. Hot, coloque seu braço em volta de Mika. Victor, fique ombro a ombro com ele. O.k., agora vou ligar o disparador automático." Daí Leo vem até nós e se coloca à frente de Victor. Antes que a câmera fotografe, Leo grita: "Sorriam!", e pronto.

Nenhum de nós apareceu rindo na foto, nem mesmo Leo. Estamos lado a lado e, atrás de nós, desfocados, dá para ver nossos instrumentos e a parede forrada com os pôsteres do universo pop. Eu estou no meio. Através da minha camisa aberta é possível perceber meu corpo franzino. À minha esquerda, a certa distância, está Hot. À direita, de costas pra mim, está Victor, e diante dele, Leo. A formação parece refletir as tensões internas de nossa banda. Hot um tanto distante, mas ali. Victor e Leo, os amigos mais chegados, lado a lado, e eu, o novo centro. Todos olhando para a câmera. Nosso olhar parece dizer: nós somos.

Essa foto será a capa de nosso primeiro disco.

Durante os ensaios, nós conhecemos nosso diretor de marketing, numa reunião à tarde. Somos levados até seu escritório, onde ele e Josh já esperam por nós.

"Este é o homem que fará de vocês estrelas internacionais", Josh anuncia. "Permitam-me apresentar: Axel Ashlin, o melhor diretor de marketing do planeta – e a melhor banda de todos os tempos, que infelizmente ainda não tem um nome. Mas é por isso, entre outras coisas, que estamos aqui hoje."

Um após outro aperta a mão de Axel.

"Se eu sou mesmo o melhor, não sei, mas, pessoal, tenho certeza de que vocês são os melhores e de que sou a pessoa certa para esse trabalho."

Josh e Axel. Esses dois se merecem ou é normal que no cenário musical se fale apenas em superlativos?

Axel se senta atrás de sua imensa mesa. Seus olhos são azuis como uma piscina, e suas pupilas parecem estar apertadas como buracos de agulha devido ao consumo excessivo de drogas pesadas. Ele está vestindo um terno turquesa, que parece de plástico, e que combina perfeitamente com sua imensa íris. Axel tem uma personalidade nervosa. Ele fica o tempo todo cutucando alguma coisa, e a cada movimento o material de seu terno faz um barulho feito dois sacos de lixo se esfregando.

Nós nos sentamos nos sofás diante da mesa. O escritório inteiro está forrado com discos de ouro e platina. Alguns deles, que aparentemente não tiveram mais espaço nas paredes, ou que foram trocados por discos mais atuais, estão sobre o chão. Mas o entusiasmo diante desse acúmulo nunca visto de material precioso passa rápido. Parece que alguém emoldurou os pôsteres de nossa sala de ensaio e colocou CDs brilhantes debaixo eles. São exatamente as mesmas bandas de garotos e estrelinhas pop das revistas para adolescentes que sem dúvida proporcionaram ao bom Axel a sua fama.

Axel parece observar nossos olhares.

"Meu trabalho não é de natureza artística", ele explica. "Eu não tenho nada a ver com a criação musical do grupo. Eu estou aqui para levar sua mensagem até as pessoas."

Sua mensagem? Como se alguém dessas bandas de plásticos tivessem algo a dizer além daquilo que enfiaram em suas cabeças durante o treinamento de mídia. Mas Axel continua tentando explicar.

"Não se deixem influenciar pelo trabalho que fiz até hoje. Todo artista é diferente e precisa de uma estratégia distinta. E para ser bem sincero", Axel aponta com um movimento amplo do braço para os discos na parede, "não dá para comparar nenhuma essas bandas com a de vocês."

Josh acena com a cabeça e sorri pra nós. Daí ele toma a palavra.

"Axel e eu já conversamos, e ele entendeu exatamente de que se trata e do que vocês precisam, e antes de qualquer coisa precisamos de um nome."

"Certo", Axel retoma a apresentação. "Em menos de duas semanas vocês farão seu primeiro show. Já está mais do que na hora de a gente enviar convites e, além disso, nós gostaríamos de fazer um pequeno CD promocional com cinco faixas. E é claro que temos de ter um nome para colocar aí. Eu já quebrei um pouco a cabeça e anotei os dez melhores numa lista. Aqui está uma cópia para cada um de vocês."

Axel entrega a Josh as folhas de papel, que por sua vez as distribui entre nós. Lá estão nomes como This is the Shit, Uptown Boys, The Feelings, Forever Young e outros horrores.

Quando Axel percebe que estamos perdendo o entusiasmo, ele dá para trás.

"É claro que essas são apenas ideias espontâneas, e sugestões de vocês são mais do que bem-vindas. Afinal de contas, quem quer que um estranho dê o nome a seu próprio bebê? Eu só queria, digamos, que as pedras começassem a rolar."

"Taí um nome fodido", Leo diz. "The Rolling Stones."

Nós tentamos não rir, mas Axel chega na frente. Com risadas curtas e finas, que soam como se alguém estivesse serrando uns galhos, ele gargalha para dentro, com o acompanhamento perfeito de seu terno de plástico. "Sim, é verdade", Axel diz, depois que ele se acalma. "Mas eu acho que já existe uma banda que se chama assim, mais tarde eu vou descobrir", ele tenta fazer uma piada, da qual Josh ri apenas por educação.

"Rapazes, a coisa é séria", Josh volta ao assunto. "Nós precisamos dos nomes até amanhã, senão somos nós que vamos decidir."

"Amanhã?", Victor pergunta.

"Pessoal", Axel diz. Fazendo barulho, ele se inclina para a frente e nos olha com seriedade. "O negócio da música é como uma guerra. Estou dizendo para vocês, está acontecendo uma guerra lá fora, e nós temos de estar sempre um passo adiante de nossos inimigos. Temos de manter nossas armas sempre a postos, pois todo dia eles podem revidar."

Uma guerra, então. Não entendi o que a comparação tem a ver com nós termos de achar um nome para a banda até amanhã, mas bom saber.

Nós prometemos pensar em alguma coisa e voltamos para a sala de ensaio. Lá, nos sentamos no chão armados com papel e lápis e tentamos nos dar um nome. Mas estamos sem qualquer inspiração, então decidimos subir no telhado do antigo *bunker*. Talvez o ar fresco nos ajude e também a vista. Mas não adianta nada.

De repente, Leo dá um salto. "Pessoal, vocês estão ouvindo isso?"

Todos se concentram, tentam entender o que ele quer dizer.

"Vocês não estão ouvindo?" Nenhum de nós se atreve a dizer uma palavra, mas, exceto o vento, não se ouve nada.

"Eles estão vindo!", Leo levanta os braços, aponta para o céu. "Pessoal, é guerra! Eles estão atacando. O esquadrão da indústria da música está vindo para nos arruinar! Soldado Mika, já para o bombardeiro antiaéreo na torre três!"

Eu dou um salto e corro para a torre.

"Soldado Hot, fique de sentinela! O que você está vendo? Qual a distância deles?"

Hot faz um binóculo com os dedos.

"Eles estão vindo do sudoeste diretamente em nossa direção. Contato em três!", ele grita.

"Munição! Eu preciso de munição aqui em cima!", eu grito.

"Soldado Victor, você ouviu."

Victor se levanta bem devagar, é óbvio que ele não está com a mínima vontade de participar de nossa brincadeira.

"Soldado Victor, isso foi uma ordem!", Leo grita. "Se você não me obedecer já, terá de responder por seus atos diante do tribunal de guerra!"

De repente, Victor se levanta e grita: "Senhor, sim, senhor!".

"Soldado Victor, aqui não é a Marinha! O certo é: 'Sim, coronel, às ordens!'"

"Sim, coronel, às ordens!", Victor berra, numa imitação de soldado de primeira.

"Soldado Hot, relatório."

"Contato, contato", Hot grita, tão alto quanto pode.

Começamos a atirar imediatamente. O coice do bombardeiro faz meu corpo tremer.

"Munição, eu preciso de mais munição!", eu grito para Victor.

"O carregador está vazio!", ele diz.

"Que merda! Ainda temos reserva?"

"Sim, ali!" Victor aponta para uma pequena caixa no meio do *bunker*.

"Assuma o comando, soldado, eu vou buscá-la", eu digo a Victor. Enquanto os bombardeiros trovejam sobre nossas cabeças, eu me encaminho até a área desprotegida.

"Soldado Mika, você enlouqueceu?", Leo grita da outra torre. "Proteja-se imediatamente!"

"Mas eu tenho de pegar mais munição!"

"Merda!", ele berra. "Deem cobertura a ele, atirem ao máximo!"

Eu corro até a pequena caixa e encontro a munição, mas no caminho de volta sou atingido por um tiro de rifle. Ele perfura meu corpo e me atira ao chão.

"Mika!", Victor grita, exagerado.

"Enfermeiros, homem ao chão, homem ao chão!"

"Nós não vamos conseguir! Há muitos deles!"

"Bater em retirada, bater em retirada! Protejam-se todos!"

Quando finalmente estamos de volta à sala de ensaio, com nossos instrumentos, Victor tem um lampejo.

"Fears", ele diz.

"Fears?", Leo repete.

"Sim, Fears. É simples e comovente. Sem o 'the' ou coisa parecida."

"Eu gostei disso", digo.

"Mas já existe o Tears for Fears", Hot diz.

"Ah, essa banda de vovôs", Leo diz. "Eles ainda estão vivos?"

"Não acho que soe tão parecido", eu digo.

"Também não acho", afirma Victor.

"Então é isso: Fears", Leo diz, concluindo.

O dia já terminou. Amanhã devemos fazer nosso primeiro show em Berlim.

"A Alemanha é o segundo maior mercado de música do mundo. E a central da máfia da música fica em Berlim", Josh explica. "É um bom ponto de partida para qualquer banda novata. Além disso, todo o mundo ama Berlim."

Todos nós estamos com medo; todos e não apenas eu. Preferiríamos fazer um show para nossos amigos em um clube pequeno qualquer na nossa cidade. Mas a palavra pequeno não existe no dicionário de Josh.

"Mais de cinquenta jornalistas, todos os nomes importantes da cena musical e mais duzentos fãs estão na lista de convidados", ele anuncia, orgulhoso.

"Fãs? Ninguém nos conhece", Victor rebate, com razão.

"Eles ainda não são fãs, mas serão!"

Então eu vou ver o primeiro show da minha vida de cima do palco. Salvo a terrível orquestra da escola, que diante de qualquer oportunidade se arvorava a tocar, eu nunca ouvi música ao vivo. Mas não é só isso. Também será a primeira vez em que eu vou voar de avião. Desnecessário mencionar que, por causa disso, há dias eu não durmo à noite. Eu sei que as estatísticas dizem que os aviões são o meio de transporte mais seguro. Por outro lado, nos raros acidentes não se pode contar com nenhum sobrevivente. É como uma loteria. Quando se tem todas as opções certas, a pessoa também pode ter de dividir o prêmio principal com outras centenas.

Josh reservou o último voo na noite anterior ao show, de modo que nós tenhamos descansado bastante no nosso grande dia. Nós embarcamos nossa bagagem, pegamos nossas passagens, passamos pela segurança, procuramos e encontramos nosso portão.

E então o anúncio: "Voo 117 das 22h45 para Berlim no portão 2b. Previsto atraso de uma hora devido a problemas técnicos. Agradecemos sua compreensão". Em seguida, a mesma mensagem em duas línguas diferentes.

"Que ótimo." Josh está realmente irritado. "Só temos uma coisa a fazer. Sigam-me."

Andamos ao longo dos portões em direção a um pequeno bar, com bebidas, sanduíches ressecados, pizza congelada, saladas amassadas, tudo aquilo de que nosso homem de negócios obeso precisa para sobreviver à viagem. Nós pegamos algumas cadeiras e nos sentamos em torno de uma das pequenas mesas de plástico redondas. Somos os únicos fregueses e, fora nós, o aeroporto está praticamente vazio. O garçom, um negro alto vestindo um colete muito apertado, vem até nossa mesa para anotar os pedidos.

"Seis cervejas grandes. E com 'grande' eu quero dizer os maiores copos que vocês tiverem."

O clima melhora de imediato. Todos aplaudem, como se Josh tivesse feito um discurso que mudará o mundo.

"Josh, você é o maior!"

"Essa é a coisa certa a se fazer agora."

Não consigo me alegrar de verdade. Em meus pensamentos, eu repito várias vezes o mesmo trecho do anúncio: "devido a problemas técnicos". Isso significa que, neste momento, eles estão apertando parafusos em nosso avião? Uma hora. Provavelmente é apenas um tapinha para que ele consiga atravessar a noite e amanhã ser consertado de verdade. Problemas técnicos, problemas técnicos, a frase martela na minha cabeça. Eu vejo imagens de pousos de emergência sobre o mar aberto, aviões que explodem logo após a decolagem, asas pegando fogo, motores caindo, trens de aterrissagem emperrados, máscaras de oxigênio, bagagens que caem dos compartimentos, o pânico nos olhos de uma jovem e bela aeromoça. Daí o garçom me salva, colocando o líquido dourado diante de mim sobre a mesa.

"Você chama isso de grande?", pergunta Josh.

"Desculpe, é meio litro, eu não tenho copos maiores, infelizmente." O gigante negro, que provavelmente tinha tudo para ser um jogador profissional de basquete antes que uma contusão no joelho terminasse de vez sua carreira ascendente, lamenta de verdade. Ele é muito esforçado, leva seu trabalho a sério.

Josh o tranquiliza. "Não é sua culpa. Mas prepare logo a próxima rodada."

Novamente aplausos em cena aberta.

"Pessoal, como meu pai sempre dizia: meio bêbado significa dinheiro jogado fora. Portanto, saúde."

Nós brindamos e bebemos, ou, melhor dizendo: nós nos embebedamos. Nos comportamos como beduínos que, depois de um dia caminhando no deserto, estávamos dispostos a beber mijo de camelo, antes de finalmente chegarmos ao oásis que nos parecia sempre tão próximo. Quando a segunda rodada chega, nossos copos já estão quase vazios.

"Leve isso daqui", diz Josh, e todos bebem o resto num só gole.

"Ei, pessoal, vamos fazer uma competição", Leo vem de novo com suas ideias.

"Você quer mesmo me desafiar", retruca Josh.

"Eu acabo com você, velho", Leo caçoa.

Os dois fazem como se estivessem numa luta de boxe.

"Então, rapazes, vocês ouviram bem. Preparem os copos..."

Nós prontamente fazemos o que Josh pede, daí ele dá o comando.

"Em seus lugares... pronto, entornem!"

Leo e Josh fazem tudo direitinho, o que me incita a segui-los. Victor e Hot param pela primeira vez quanto estão pela metade. Eu tomo goles tão grandes quanto possível e, ao mesmo tempo, tento não me esquecer de respirar. Então eu chego à fase final. Eu já posso ver o chão. Hot desiste faltando um terço. Leo, Josh e eu estamos correndo ombro a ombro. Leo está com tanta gana que a cerveja escorre pelos cantos de sua boca e cai sobre sua camiseta. Josh está concentrado. Eu consegui. Com o último gole ainda em minha boca, eu bato o copo sobre a mesa. Eu sou o vencedor. Leo e Josh vêm logo em seguida, mas seus copos tocam quase simultaneamente o tampo da mesa. Fico admirado como foi fácil para mim. Eu sou sem dúvida o mais virgem da roda no que se refere a consumo de álcool, mas beber é algo que eu aparentemente consigo fazer rápido. Eu recebo alguns aplausos e olhares admirados de Josh e Leo. Leo está bem detonado, mas procura disfarçar.

"Você trapaceou", ele diz.

"Como assim?", Hot pergunta.

"Não tenho ideia, mas isso não pode ser verdade."

"O bom Mika sempre pronto para nos surpreender", diz Josh, sorrindo.

Está na cara que Leo não gostou. "Eu exijo uma revanche. Garçom, apresente as armas!", ele grita.

"Ah, eu tô fora", diz Hot.

"Eu também não vou entrar nessa de novo, mas bem que eu gostaria de tomar mais uma cerveja", diz Victor.

"Está bem. Um verdadeiro cavalheiro não foge de uma revanche. Mika, você continua?", Josh me pergunta.

Eu me sinto extraordinariamente bem, portanto digo: "O.k.", embora minha bexiga esteja apertada. Os banheiros ficam logo ao lado bar. Quando eu volto, o garçom já está trazendo a nova rodada.

"Com licença", Leo diz a ele. "O senhor se incomodaria de ficar aqui um pouquinho? Nós precisamos de um juiz imparcial."

O coração esportivo do ex-jogador profissional de basquete parece ter sido despertado. Ele faz que sim com cabeça, solícito. "O.k., então levantem os copos", ele dá o comando.

Leo, Josh e eu destravamos nossos revólveres.

"Em seus lugares, preparar – e já!"

Novamente eu sou o primeiro a soltar o copo. Depois Josh, e Leo ainda não bebeu tudo ao desistir. "Merda", ele xinga e seca a boca, sua camiseta está completamente ensopada de cerveja.

"O vencedor inequívoco, com vantagem de quase cinco segundos", o garçom anuncia e levanta meu braço, como se estivéssemos numa luta de boxe. Todos, exceto Leo, aplaudem. Eu me sinto um verdadeiro vitorioso, mesmo sem entender direito mais nada. De repente, eu tenho a sensação de que vou parir um alien no meu peito. Eu deslizo minha cadeira pra trás, me debruço e vomito um litro e meio de cerveja e meu almoço, num jato com grande pressão, sob a mesa. Todos se levantam e tentam ficar em segurança. Josh é muito lento, e seus sapatos de couro lustroso recebem toda a carga. Daí Leo começa a passar mal. Ele já estava enjoado antes da última rodada, e o fedor foi a gota d'água. Ele se inclina para a frente e vomita em seus próprios pés. Isso é demais para Victor, que corre para o banheiro. Através da porta ouve-se o barulho de alguém vomitando. Leo vomita aos borbotões. Mal ele se acalma e a torrente volta. O fedor é lastimável, e o nível do mar de vômito no chão aumenta cada vez mais. Agora nem mesmo Hot consegue se segurar. Ele ainda tenta chegar até o banheiro, mas no caminho ele cospe vômito como um chafariz. O grosso vem à tona diante da porta do banheiro masculino. Quando Victor sai, pisa na poça. O nojo faz com que ele volte a regurgitar, e ele retorna ao banheiro e se debruça sobre a privada. Enjoado por conta do vômito que escorre porta abaixo, eu volto a botar tudo para fora, dessa vez no meio da mesa. Leo se junta a mim, e nós enchemos mais uma vez os copos sobre a mesa.

Aos poucos, todos se acalmam novamente. Estamos exaustos e suamos. Josh pede ao garçom chocado um pedaço de pano para limpar seus sapatos. Daí ele revolve em seus bolsos e tira uma nota. Discreto, ele coloca a nota de quinhentos na mão do garçom e diz:

"Isso é para pagar seu esforço e para que você jamais conte isso a ninguém, estamos entendidos?"

Josh voltou a ser o homem de negócios que cuida de nossa imagem. Ele não gostaria de ler essa manchete amanhã no jornal, depois de nosso show. O garçom acena para Josh afirmativamente, enfia a nota no bolso e pega o material de limpeza. Nós caminhamos de volta para o portão. Entramos no avião feito zumbis. Nenhum de nós diz sequer uma palavra. Eu quase não me dou conta do voo. Não estou mais bêbado, mas completamente exausto. Como se eu tivesse sido teletransportado, de uma hora para outra eu me vejo no hotel. Sem tomar a última e obrigatória saideira e sem dizer até amanhã, vamos diretamente para nossos quartos.

Eu estou completamente detonado, mas mesmo assim não consigo dormir. O silêncio da noite faz com que meus pensamentos pareçam gritar. Sinto-me como se estivesse numa *bad trip*. Tudo dá voltas e fico com a sensação de que vou cair. E daí surgem várias vozes em minha cabeça.

A criança: "Eu não aguento mais e não quero mais".

O pai: "Você não consegue nada, você é um nada. Ninguém te ama, nem nunca vai te amar".

"Eu quero ser amado. Eu preciso ser amado", eu.

"Ninguém me ama", a criança.

"Eu te odeio", o pai.

"E eu te odeio mais do que qualquer coisa!", eu.

"Eu não aguento mais", a criança.

Eu tenho a sensação de que estou perdendo a razão. Estou ficando maluco? Tenho medo de a qualquer momento entrar em parafuso. E ver o mundo como ele provavelmente se parece através do olhar do louco. Ou me voltar simplesmente para dentro, cair nos abismos da própria alma, assim como Lennart naquela vez.

Lennart, meu amigo. Onde você está quando eu mais preciso de você?

"Onde você estava quando eu precisei de você?", eu penso ouvir sua voz dizer.

Não sei nem mesmo se ele sobreviveu. Nunca perguntei no hospital, nunca o visitei na ala de psiquiatria ou em sua sepultura, tinha medo demais. Medo de lidar com aquilo de que mais tenho medo.

"Mika, você não deve ter medo."

Levo um susto e olho ao meu redor. Sob a luz da cidade, que entra pelas cortinas, acho que vejo um vulto. Eu tateio a mesa de cabeceira em busca do interruptor do abajur.

"Mika, eu te falei, você não precisa ter medo."

"Lennart?"

"Deixe a luz apagada."

"Lennart, é você?"

De repente, parece que meu corpo inteiro está em choque. Meus dedos vibram.

"Mika, meu amigo."

"Como você entrou aqui?"

"Mika, meu amigo. Eu sempre achei que você iria se tornar algo especial. Já quando eu te vi pela primeira vez, naquela época, no cemitério, você se lembra?"

"Claro que me lembro. Lennart, eu lamento muito."

"Você não tem de lamentar nada."

"Mas eu... eu não estava lá quando você precisou."

"Sim, você estava. Você segurou minha mão quando eu estava indo para um outro mundo. Você foi meu acompanhante, e agora eu serei o seu."

"Quer dizer que você pode vir comigo?"

"Eu vou para onde quer que você vá. Sempre estarei presente quando você precisar de mim."

Eu volto a tatear, procurando pelo interruptor da luz. Eu gostaria de olhar nos olhos do meu velho amigo.

"Deixe a luz apagada."

"Mas..."

"Sou eu, Mika. Você não precisa de seus olhos para saber isso. E agora feche-os, amanhã você terá um dia importante pela frente."

"Mas Lennart, eu tenho tanta coisa para te contar."

"Teremos tempo suficiente para isso. Feche os olhos, Mika."

Eu faço o que ele diz e me deito novamente. Penso sentir sua mão pairando sobre minha cabeça. E de repente eu caio num sono profundo.

Nós partimos cedo para a passagem de som, a fim de repassar o set mais uma vez. O clube é escuro e desconfortável. O cheiro de cerveja velha e de cigarro paira no ar.

Nós somos levados aos bastidores. Lá é pequeno e não há janelas. Lembra muito nosso calabouço, que é como chamamos a sala de ensaio. Todas as bandas que tocaram por ali parecem ter sido eternizadas nas paredes. Há alguns sofás no canto. O forro tem buracos e algumas penas estão saindo através da espuma amarela do estofamento. A comida foi disposta sobre uma mesa de armar. Pãezinhos grudentos, queijo úmido, salame gorduroso, leite morno, uma cesta com frutas emboloradas. Esse é então o famoso *backstage* que todos esperam – em vão – sempre alcançar.

Nós somos apresentados à nossa equipe. Todos têm apelidos. O homem responsável pela mixagem se chama Lorde, porque ele nunca ajuda na montagem ou desmontagem e não faz categoricamente nada além de apertar os botões em sua mesa de som. O *backliner*, que é responsável por nossos instrumentos, se chama Spike, porque seus cabelos pretos parecem espinhos saindo de sua cabeça. Nosso monitor, que cuida do nosso som no palco, chama-se tão somente Puff, porque ele se assemelha com o Ursinho Puff. Parece que é uma tradição óbvia entre as equipes do rock'n'roll ter apelidos, disso estou certo. Entre nós, na banda, apenas Hot tem apelido. Ele sempre conta uma história diferente quando explica o Hot. Ele teria ganhado certa vez um concurso de comer mais chili, não teria qualquer sensibilidade ao frio ou ao calor, ele seria incrivelmente bom de cama, a temperatura de seu corpo estaria sempre a trinta e nove graus devido a um defeito genético, e por aí vai.

Os rapazes sobem ao palco e montam seus instrumentos, depois começam a passagem de som. Eu cruzo a plateia. Leo bate repetidamente no bumbo da bateria, até que Lorde, com um microfone, dá o breve aviso:

"Bateria."

Leo volta a tocar durante um minuto a bateria. O mesmo procedimento se repete com os pratos, o chimbal, o surdo, a caixa etc., até que Lorde diz "set". Leo não entende. Spike traduz para ele: "Toque uma batida com todas as partes da bateria".

Leo acena com a cabeça e começa a tocar. Eu quase voo pelos ares, de tão potente que é o som. Lorde verifica ainda o baixo e a guitarra, daí todos tocam juntos. E quando eu ouço a pancada que vem do palco, eu penso que o título nobiliário de nosso homem da mixagem é mais do que merecido.

Eu vou até os rapazes no palco, mas quando eu vejo o microfone no suporte, um calafrio me atravessa.

Lembro-me da biografia de Leslie Harvey, o guitarrista da banda Stone Crows. Durante a passagem de som para seu show em 1972, in Swansea, ele tocou com as mãos molhadas em um microfone sem fio terra. E aconteceu o que acontece quando um pássaro pousa sobre um fio elétrico e ao mesmo tempo toca em outra parte do poste. Les tomou um choque elétrico e morreu no mesmo dia. Ele tinha 27 anos.

Eu seco as minhas mãos levemente suadas na calça e me aproximo do microfone. Eu simplesmente poderia não tocar nele, manter minha boca numa distância segura e cruzar as mãos atrás das costas. Algo que poderia ser interpretado como estilo. Nada mal, penso eu, quando Puff, o homem do monitor, agarra o microfone de repente e começa a fazer sons estranhos.

"Heya, ho, ho, heya, ts, ts, ong, ong, heya."

Talvez isso seja uma língua secreta qualquer, que somente seus amigos Leitão, Tigrão e Ió entendem. Mas Puff vai de retorno em retorno e parece estar testando algo nos sons. Em seguida, ele me entrega o microfone na mão. Nada de choque, desmaio ou morte súbita.

Nós começamos a tocar o repertório. A primeira passagem de som é um desastre. O retorno no palco está bom, não se compara de jeito nenhum com o barulho contra o qual a minha voz tinha de lutar na sala de ensaio. Mas mesmo assim tocamos mal. Interrompemos a música diversas vezes, e os rapazes começam a discutir sobre os arranjos. Simplesmente não estão combinando direito. Frustrados, saímos do palco somente quando as portas são abertas e as primeiras pessoas começam a entrar no clube. Nos bastidores, temos de ouvir os veredictos de sempre de Josh e da equipe de som sobre ensaios gerais malsucedidos. O único que se abstém, com uma grandeza aristocrata, é Lorde. Somente dez minutos antes da apresentação, quando ele se levanta para se dirigir à mesa de som, é que Lorde nos diz:

"Não importa o que aconteça: nunca parem de tocar."

Nunca parem de tocar. Nós nos entreolhamos. Nunca parem de tocar. Todos entendemos o que ele quer dizer. Mesmo se alguém perder uma entrada, tocar errado, se uma corda arrebentar ou o microfone falhar: nunca parem de tocar. A maioria das pessoas não vai perceber. Elas não conhecem nossas canções, não sabem exatamente como elas devem soar. Nunca parem de tocar.

"Mais cinco minutos", Josh diz ao se aproximar de nós por trás. Todos estão nervosos. Leo tamborila com suas baquetas sobre a mesa, Victor dedilha em sua guitarra, Hot enrola um baseado atrás do outro, somente eu estou sentado inerte. A adrenalina corre em minhas veias. Meu coração às vezes bate tão rápido que acabo tendo de tossir. O famigerado nervosismo está a toda. Eu me sinto paralisado. O vírus me pegou. Mas não é como uma febre úmida de gripe. Agora nenhuma compressa fria, repouso ou suadeira ajudariam. Eu preciso sair. Sair para o palco. Isso vai me ajudar.

Mas com essa taquicardia eu não vou ter condições de cantar sequer um tom direito. Eu tenho de achar algum jeito de me acalmar. De repente, sinto uma pressão contínua no intestino. Saio correndo para o banheiro. Poucas vezes foi tão urgente. Enquanto me alivio, começo a suar. Depois que me limpo e puxo a descarga, tudo começa de novo. Eu me sento sobre o tampo da privada e me pergunto quanto tempo isso ainda vai levar. De repente, alguém bate à porta.

"Mika, você está aí?" É Josh.

"Sim", eu digo, tentando soar o mais relaxado possível.

"Está hora de irmos para o palco."

"O.k., eu vou já."

Eu me arrumo com tanta pressa de meu desarranjo pré-entrada em cena que quase me esqueço do meu nervosismo. Quando eu saio do banheiro, ainda ouço os comentários do pessoal.

"Aí está você, finalmente."

"E aí, bateu uma rapidinha, né?"

"Teve cagaço, hein?"

Em seguida, formamos um círculo com jeito de conspiração e, como jogadores de futebol, aproximamos nossas cabeças.

"Nunca desistam de tocar!", Victor repete o que Lorde disse.

"Vamos espanar a merda da cabeça deles com nosso som!", Leo diz.

"Sim, vamos mostrar para eles!", Hot faz coro.

Eu estou no círculo, mas não me ocorre nada para dizer. Então eu me ouço falando:

"Eu amo vocês."

"Eu amo vocês também", Hot diz.

"E eu amo vocês tanto que poderia foder vocês!", Leo grita, sai da roda e monta em Hot. Josh interrompe nossas gargalhadas.

"O.k., pessoal, vai começar."

Nós ouvimos a música começando a baixar. Da entrada do palco vemos que a luz da plateia está diminuindo. Puff e Spike iluminam o caminho até os instrumentos com pequenas lanternas. Eu quero subir ao palco, mas Josh me puxa.

"Você entra por último, depois que eles tiverem começado a tocar", ele diz.

Eu observo o pessoal à medida que eles assumem suas posições. Eles olham irritados para mim e Josh. Josh faz um sinal para que comecem. Victor liga a guitarra e uma microfonia toma o espaço. Daí Leo inicia a batida da primeira canção do repertório. Quando Hot entra, Josh toca em meu ombro.

Spike está de pé à beira do palco e ilumina com uma lanterna os degraus à minha frente. Ao todo são quatro. Quando piso no primeiro, tenho a sensação de que vou desmaiar, mas, quando meus pés tocam o chão do palco, a aflição desaparece repentinamente. É como se eu tivesse entrando em outro mundo. Já não estou pensando em mais nada a não ser chegar até o microfone e cantar os primeiros versos. Eu não vejo mais nenhum dos rapazes, e o público também parece ser uma massa indeterminada de energia. A luz me cega, então eu fecho os olhos e começo a cantar. Eu estou em meu próprio mundo, todinho meu. Tudo parece existir porque eu vejo, porque ouço, porque sinto. Somente porque eu vivo. A alegria do público, seus gritos, o calor de seus corpos, o êxtase em suas veias... eles são a prova de que eu existo. De que eu realmente sou quem sou, de que faço o que faço. Eles são prova do meu mundo. Eles vão escrever e contar por aí que eu existi. Eles são minhas testemunhas. Os espectadores da minha própria encenação bizarra, em que eu sou ao mesmo tempo um ator trágico e cômico. Até que as cortinas se cerrem. E elas vão se cerrar e me enterrar sob elas. Mas eu existi, eles vão dizer. Eu terei sido. Quantos podem afirmar isso de si mesmos?

Quando saímos do palco, parece que estamos chapados. Nós nos abraçamos, Josh nos parabeniza, e até mesmo a equipe e Lorde nos garantem que fizemos um show de foder.

Nós vamos direto para o hotel, pois Josh diz que uma surpresa nos aguarda. No carro, trocamos impressões sobre qual canção pareceu ter sido a melhor. Leo suspira por conta de uma garota que estava bem à minha frente, e se chateia porque eu não a vi. Rimos por conta da introdução de uma canção que Hot perdeu, e nos elogiamos por não ter parado de tocar apesar disso.

Josh providenciou para que o spa do hotel ficasse aberto especialmente para nós depois do show. Quando descemos, há velas acesas e em todo lugar se veem baldes de gelo com champanhe. Sobre as toalhas, há um cartão que diz:

Vocês foram demais!
Josh

Como ele foi direto para seu quarto logo após a nossa chegada, deve ter escrito isso mais cedo, e depois colocado aí, ou melhor, mandou alguém colocar, mas para nós tanto faz. Cada um pega uma taça e, exultantes, começamos a estourar as garrafas de champanhe. O spa é pequeno, mas tem uma banheira de hidromassagem.

"Vamos nadar pelados!", Leo grita, embora a gente não precisasse da intimação. Estamos felizes com a ideia de tirar nossas roupas encharcadas de suor e atirar nossos corpos frios na água quente e borbulhante. Os baseados enrolados mais cedo são acesos e, finalmente, após horas, reina uma tranquilidade absoluta. O barulho da água encobre o barulho do show em nossos ouvidos. Nós entornamos o suco de uva borbulhante e fumamos a erva doce. Nós somos os maiorais.

Após certo tempo bebendo e fumando, mudos, o hiperativo Leo quebra o silêncio:

"O.k., ei, prestem atenção. Cada um de nós vai contar seu maior segredo. Ou seja, algo que nunca dissemos a ninguém e que também não queríamos dizer a ninguém."

Essa ideia só pode ser do Leo. A criança diabólica que vive dentro dele está sempre à procura de algo para usar contra o outro. Mas nesse caso ele poderia acabar atirando no próprio pé.

Está claro que Victor não esta a mínima vontade de participar do jogo.

"Ah, não, esquece isso", ele diz.

"Isso é coisa de mulherzinha", Hot afirma.

"Você está querendo me chamar de mulherzinha?!"

Leo se levanta e mostra seu pau.

"Pô, cara, você está com o pau duro!", Victor grita. "Você fica excitado por estar junto com os caras pelados na banheira?"

"Fala sério, é por causa da água bombeando."

"A água bombeando, acredito!"

Todos riem, menos Leo.

"Você estão querendo me chamar de bichinha?!" Com um movimento dos quadris, Leo bate com o pau na sua coxa. Ele coloca os braços para cima e grita: "Quem está querendo chamar o Ímã de Vadias aqui de bichinha, hein?!".

"Velho, você só comeu três mulheres até agora!", Victor resume, secamente.

"É mesmo, e a última foi aquela feiosa do caixa do supermercado."

Isso já é demais para Leo, que agora está realmente enfurecido. Ele salta em cima de Hot, que falou da feiosa.

"Agora você vai experimentar o chicote de carne!"

Ele segura os cabelos de Hot para que ele não consiga mexer a cabeça e, com um movimento dos quadris, bate no rosto dele com o pau. Hot grita de nojo, mas Leo encobre sua voz com o grito profético de um guerreiro:

"Quem ofender o Ímã de Vadias será castigado com o chicote de carne!"

"Leo, pare com essa merda!", Victor segura em seu braço e o vira pra trás. Felizmente Leo atende e se senta de novo na banheira. Hot mergulha imediatamente a cabeça na água e esfrega o rosto enojado. Leo logo muda de assunto.

"Então, quem começa?", ele pergunta.

"Com o quê?"

"Bem, que será o primeiro a contar seu maior segredo?"

Todos estão perplexos. O que foi que acabou de acontecer? Outro baseado circula na roda.

"Acho que não tenho nenhum", Hot afirma.

"Como não, cara? Todo mundo tem um!"

Leo fala sério, e sua ideia me agrada.

"Você", eu digo. Se é para ter uma ordem, aquele que mais distribui porrada tem de ser o primeiro a revelar alguma coisa.

"O.k." Leo pede o baseado a Victor e dá uma forte tragada. Daí ele toma um gole de champanhe. "Mas vocês têm de jurar que também não vão contar nada."

"Está bem", Victor diz.

"Fechado", eu digo.

"Você também, Hot, vai pensando."

"O.k., para mim tudo bem."

"Beleza", Leo começa. "Uma vez eu dormi na casa de um amigo meu, quando seus pais não estavam. Nós ainda éramos pequenos, talvez onze anos. Enfim, naquela noite assistimos a um filme pornô com o irmão dele, que era um pouco mais velho."

"Uau, velho, isso é incrível", Hot o interrompe, com ironia.

"Espere, isso não é tudo. O filme era uma bobagem. O sujeito queria que sua mulher transasse com o cara da limpeza da piscina. Ele ficou sentado ao lado dando instruções, como se fosse um diretor de cinema. No dia seguinte, estávamos entediados e resolvemos reproduzir a cena."

"E você era a mulher ou o quê?"

Todos começam a rir.

"Calados, seus punheteiros, ou eu..." Leo dá um salto e mostra o chicote de carne.

"Tudo bem, cara. Desculpa, continue contando."

"Você realmente são uns punheteiros." Leo se senta novamente e toma outro gole.

"Então foi assim. Claro que ninguém queria ser a mulher, portanto nós combinamos que todos fariam o papel dela em algum momento."

Todos tentam conter a risada.

"Primeiro eu fui o diretor, claro, ou seja, o sujeito mais velho, e disse a eles o que deviam fazer."

"Porra, para os dois irmãos?", Victor pergunta.

"Pois é, cara. Então, eles se beijaram direitinho e um tirou a roupa do outro e por aí vai."

"Eles chuparam o pau um do outro?", Hot pergunta.

"Velho, a gente tinha onze anos. Nós não chegamos a tanto."

"Pesado. Então eles ficaram lá se beijando?", Victor voltou ao assunto.

"Sim, cara, mas isso não foi tudo." Ele faz uma pausa dramática e dá uma tragada forte no baseado. "É que os dois também tinham uma irmã mais velha. Sei lá de quantos anos, mas de todo modo ela já tinha peitinhos e por aí vai. Ela era realmente gostosa, cara. Então, em seguida eu tinha de ser a mulher. É, podem rir. O irmão mais velho agora era o cara da piscina e meu amigo, o diretor. Daí ele mandou a gente fazer a mesma coisa que eu tinha dito antes. E quando o irmão mais velho, que a propósito era feio e gordo, se deitou meio pelado sobre mim, enfiando a língua na minha garganta, a irmã deles entra de supetão no quarto. Sem bater à porta. Ela viu a gente deitado ali e desandou a rir. Eu tirei o balofo de cima de mim e dei um salto. Eu inventei que estávamos brincando de luta livre como na televisão, afinal não passa nada mais interessante mesmo, e meu amigo era o juiz. Mas ela não parou de rir e sacou tudo. Pessoal, aquela era a minha primeira experiência sexual e foi dez mil vezes pior do que ser pego batendo punheta pela própria mãe, podem acreditar!"

Todos estão estupefatos. Ninguém sabe o que dizer. Será que essa história explica alguma coisa sobre a personalidade de Leo? Certamente, mas o quê?

"O.k., quem é o próximo?" Leo inspeciona a roda. Ele ainda está furioso com Hot, que está sentado a sua esquerda. "Prestem atenção, vamos fazer no sentido horário. Portanto, Hot, você é o próximo."

Hot engole em seco. "Sei lá. Quer dizer, não lembro de nada." Ele fala baixo e gagueja um pouquinho.

"Agora vamos, eu comecei. Todos têm que participar, senão..." Leo se levanta novamente e faz seu chicote de carne girar.

"Tudo bem, tudo bem, eu já vou falar."

"Isso é nojento de verdade, Leo", Victor diz, mas antes que Leo se irrite de novo, Hot diz rapidamente: "Eu menti para vocês. Eu nunca transei".

Todos olham incrédulos para ele. Ele havia afirmado que tinha perdido a virgindade antes de todos os outros. Ele contou como havia sido de uma maneira superempolada, e acrescentou detalhes de como, por exemplo, ela estava com tanto tesão por ele que ele nem teve tempo de tirar as meias.

"Você inventou aquilo tudo?", Victor pergunta, pasmo.

"E a história das meias, também?", eu pergunto.

Até mesmo Leo reage com simpatia: "Hei, cara, como assim? Você é e vai continuar sendo Hot apesar de tudo!".

"Sim. E o baixista mais tesudo do mundo", Victor diz.

"Sexo é coisa dos anos sessenta!", Leo grita.

Todos riem. Até mesmo Hot. O alívio está estampado em seu rosto. E, de algum modo, eu também me sinto aliviado por não ser mais o único virgem da banda.

O próximo da fila é Victor.

"O.k., não tem nada a ver com sexo, mas foi pesado mesmo assim." Todos escutam com curiosidade. "Quando eu era criança, mijava nas calças. Não na cama. Quando eu estava no parque, que fica a uma boa distância de nossa casa, e tinha de mijar, sempre corria para casa para ir ao banheiro. Mas o caminho era muito longo. Então eu ficava lá de pé, no meio da rua, chorando, e mijava nas calças. Minha mãe não sabia qual era o problema e, por alguma razão, ela também não conseguia falar comigo sobre o assunto. Então ela primeiro me levou ao médico da família, que por sua vez me encaminhou para um psicólogo infantil. Ele, claro, tinha várias teorias. A gente brincava com bonecos de caubóis e índios. Ele me fazia desenhar e preencher questionários. Isso durou um ano, mais ou menos. Uma vez por mês ele tinha um encontro com a minha mãe, para informar sobre meus últimos resultados. Ele estava convencido de que eu sofria de uma depressão grave e de um senso de justiça muito pronunciado. Em casa, me tratavam como um doente esquisito. Eu não me sentia amado e, por conta disso, fiquei depressivo. Eu ia raramente ao parque, e quando ia, era por pouco tempo – e, assim, parei de mijar nas calças. Todos estavam convencidos de que a terapia havia trazido resultados, mas na verdade eu nunca tinha estado tão infeliz.

"Quando voltou a acontecer no caminho para a escola, o senhor doutor professor psicólogo finalmente teve a ideia de me perguntar por que eu mijava nas calças. Eu expliquei para ele que eu apenas queria chegar o mais rápido possível ao banheiro, mas que às vezes não dava tempo. Ele me fez a pergunta mais simples e mais transformadora da minha vida: 'Por que você não mija numa árvore?'. Simples assim. Ninguém nunca havia me dito que se podia."

"Pesado", Hot afirma.

"Que merda, velho. Eu pensava que a gente nascia sabendo dessas coisas simples, mas, claro, alguém precisa dizer uma primeira vez", diz Leo.

"Por que seu pai nunca falou sobre isso?", eu pergunto.

"Sei lá. Ele era muito conservador. Autoritário mesmo. Nunca se ocupou da criação dos filhos."

"E você teve de continuar indo ao psicólogo?", fiz mais uma pergunta.

"Não. Ele me prometeu que seria nosso segredo. Ele falou para minha mãe algo sobre uma autocura continuada e que eles não deveriam se preocupar, pois tinham um garoto muito especial."

"Puxa, cara. Que merda", Leo expressa o que nós pensamos.

"Para falar a verdade eu acho que o psicólogo não foi um mau sujeito. Ele morreu de câncer há dois anos, e eu chorei quando soube. Ele sempre foi muito bem-conceituado."

"Tudo bem, mas no seu caso ele fez uma merda", Leo repete.

"É verdade, não se pode dizer outra coisa", Victor faz coro.

"Embora ele tenha ao menos lhe dado um conselho para a vida toda", eu digo.

"Sim, que se pode mijar numa árvore", diz Leo ironicamente.

Todos se acabam de rir.

"Mas ai de você se mijar aqui na água!", Leo prossegue.

"Isso mesmo, o banheiro é ali na frente", diz Hot, rindo baixinho. "São só alguns metros, você consegue, sim."

Eu quase não consigo respirar de tanto rir. Todos estão morrendo de rir. Depois que nós nos acalmamos, ninguém chega exigindo de que agora é a minha deixa. Mas eu sei exatamente qual é meu maior segredo, e por alguma razão quero contar para os meus amigos.

Do nada, eu digo: "Eu estou convencido de que vou morrer aos vinte e sete".

É a primeira vez em minha vida que eu falo essa frase em volta alta. As palavras soam como se não tivessem saído da minha boca. Como se algo tivesse falado através de mim. Todos ficam em silêncio, e o que eu disse parece flutuar no espaço. Como se ecoasse pelas paredes e não pudesse se dissipar. Um eco eterno, que vai me cercar para sempre.

"Eu acho que estou amaldiçoado."

"Mas por quê?", Victor pergunta, por fim.

"É, cara, de onde você tirou essa certeza?", Leo pergunta.

"Eu sei."

"Velho, isso é pesado", diz Hot.

"Você quer se matar ou o quê?", Victor pergunta.

"Não, de jeito nenhum. Não é isso. Eu nunca tive pensamentos suicidas. Muito pelo contrário, eu tenho medo da morte."

"E por que aos vinte e sete?", Hot quer saber.

"Não tem nada a ver com todos os roqueiros da pesada que morreram com vinte e sete, tem?", Victor pergunta.

Para Leo, isso é novidade. "Como assim? Que roqueiros morreram com vinte e sete anos?"

"Janis Joplin, Jimi Hendrix", Victor explica para ele.

"Jim Morrison e ainda Brian Jones, certo?", Hot pergunta.

"Sim, e muitos mais", eu digo. "Mas não é isso. Meu medo começou antes de eu ter qualquer coisa a ver com música. O número me persegue. Ele aparece em todo lugar e eu formo o vinte e sete a partir de qualquer combinação de números."

"Você está falando sério?", Victor pergunta.

"Velho, a gente toma conta de você! Você vai ficar muito velho, cara!", Leo diz.

"Isso mesmo! A partir dos seus vinte e sete a gente vai colocar você numa sala emborrachada e só vamos tirar você de lá quando fizer vinte e oito", Victor sugere.

"Exatamente. Daí nada pode te acontecer", Hot diz.

Minhas palavras pairam como uma profecia no recinto. Talvez eu nunca devesse tê-las dito. Agora eu já as disse, e eles as ouviram. Esses quatros caras são minhas testemunhas. Eu terei sido, e quem pode afirmar isso de si mesmo?

Como se tivesse vindo do nada, Josh aparece de repente ali.

"Rapazes, vistam-se, a *Rolling Stone* quer fazer uma entrevista com vocês!"

Nós não conseguimos acreditar. Todos falam ao mesmo tempo.

"Eles estavam no show e acharam o máximo. Estão pensando numa reportagem com chamada na capa. Talvez para circular em toda a Europa."

Vamos mesmo aparecer na capa da maior revista de música?

"Estamos sentados lá no restaurante. Subam quando estiverem prontos."

Ainda com os cabelos molhados e completamente fumados e bêbados, nós caminhamos entre executivos barrigudos, com acompanhantes chamativamente jovens, através do restaurante. Sentados à mesa com Josh estão um sujeito mais velho e uma moça loura.

"Ah, aí estão eles!", Josh nos anuncia de boca cheia. "Permitam-me apresentar, Jolie e Carl da *Rolling Stone* – e esses são os rapazes que vão conquistar o mundo."

Nós apertamos educadamente as mãos uns dos outros, dizemos nossos nomes de maneira bem-comportada e nos sentamos à mesa. Cheios de expectativa, nós olhamos para Carl, e esperamos que ele saque um gravador ou um bloco de anotações e faça a primeira pergunta, mas é Jolie que toma a palavra.

"Eu gostaria de fazer algumas perguntas para vocês, e depois Carl vai tirar rapidinho umas fotos. Tudo bem? Mas talvez fosse melhor se fizéssemos nossos pedidos antes?"

Josh chama o garçom e pede uma rodada de gim-tônica, como sempre, sem nos perguntar, o que nesse caso é até bom, porque certamente teríamos ficado a contragosto na Coca-cola, para dar uma boa impressão.

"Provavelmente eu não preciso perguntar a vocês se estão gostando de Berlim. Com certeza vocês não viram nada fora o clube e o hotel."

Jolie é jovem, talvez tenha entre 25 e trinta anos. Seu longo cabelo louro está preso numa trança.

"Então: o que acharam do show?"

A pergunta me soa estranha. Será que não era ela quem deveria dizer o que achou?

"Bom", Victor diz, modesto.

"É, as pessoas eram legais", Leo diz.

"Mika, como foi para você? Estar pela primeira vez sobre um palco."

As perguntas dela não soam como perguntas. Mais como respostas. Como se ela já soubesse o que eu iria dizer. Mas eu não sei o que vou dizer, então eu digo: "Eu não sei".

Jolie inclina a cabeça, baixando um pouco as sobrancelhas.

"Pareceu bom?", ela pergunta com uma resposta.

"Eu não sei... sim, foi."

"Sim, foi", ela insiste.

"Não sei, acho eu não percebi muita coisa."

"Porque você estava tão concentrado na música."

"Não, quero dizer... foi, mas somente no começo. Depois eu não estava mais lá exatamente."

"Não estava mais lá exatamente", ela repete minhas palavras.

"Eu não sei. Eu estava lá sim, portanto sobre o palco, mas de algum modo não estava lá."

"Você era outra pessoa", ela afirma.

"Não, não era outra pessoa. Eu estava de algum modo, como devo dizer... então, eu estava de algum modo comigo. Como se eu fosse pela primeira vez eu mesmo e não aquele que eu pensava que sou. Você entende? Perdão, a senhora entende?"

"Você, por favor." Ela sorri para mim. "Suas letras falam de medo, o que também reflete o nome da banda de vocês, Fears. O que significa o medo para você?"

"Eu não sei. Ele apenas está aí." Eu não quero falar sobre isso. Acho que já basta eu ter falado para os rapazes sobre o meu medo, mas Jolie não dá trégua.

"Todo dia."

"Sempre", eu digo sucintamente.

"É preciso muita força para superá-lo."

"Sim."

"Ah, as bebidas, já estava mais do que na hora." Josh comenta a chegada do garçom. Jolie olha novamente pra mim, mas eu não consigo suportar seu olhar penetrante. Fico mexendo com meu copo, destruo o pedaço de limão com o canudo, dissolvo a polpa da fruta sob o cubo de gelo.

"A um excelente show." Josh ergue seu copo, eu tomo um grande gole. Jolie parece notar que eu fujo de seus olhares. Ela faz uma pergunta à roda: "Como nascem suas canções?".

Leo começa a explicar. "Na maioria das vezes, Victor chega com uma ideia e nós improvisamos em cima dela. Cada um traz outras ideias e então..."

Eu na verdade não presto muita atenção no que ele diz, e sim aproveito o tempo para observar Jolie. Ela está vestindo uma blusa preta simples, com uma gola alta fechada até em cima, saia preta, meias pretas e ela certamente esconde sapatos pretos de saltos altos sob a mesa. O traje austero empresta certo ar de maturidade aos seus traços infantis. De repente, ela olha pra mim. Sou flagrado em minha observação. Mas ela deixa rolar, acende um cigarro e ouve Victor descrever o processo de composição das canções.

"Na verdade, tudo acontece de maneira bem rápida. Eu tenho uma ideia ou simplesmente toco algo na guitarra, daí uma parte vem atrás da outra. É como uma viagem, em que eu apenas..."

Eu me perco novamente em meus pensamentos. Observo como os lábios de Jolie pressionam o filtro do cigarro, como ela expira a fumaça de modo uniforme e suave. Nunca vi uma mulher que ficasse tão sexy fumando. Não tem nenhuma fissura, necessidade ou compulsão. Não é como se ela precisasse de um cigarro para se acalmar ou distrair. Ela não expele a fumaça de um modo enfastiado, como se estivesse colocando para fora um pedaço de si mesma. Ela faz tudo de modo bem simples, e eu não descarto a possibilidade de que ela faz isso para mim. Para me dar uma pausa, para que eu tenha tempo de poder olhar para ela.

"Eu não ligo muito para a composição das canções", Hot explica. "Na maioria das vezes, Victor chega com algo tão bom que eu simplesmente acompanho."

"E como é com as letras? Com elas surgem?"

Ela não olha para mim, não direciona a pergunta diretamente para mim.

"Mika tem uma espécie de caderno. Ele rabisca o tempo todo nele", Leo responde por mim. Jolie apaga seu cigarro. Ela apaga a brasa suavemente no cinzeiro. Ela não comprime a brasa, e sim a revolve nas cinzas, como fazem muitas pessoas que, no fundo, se arrependem de ter fumado mais um cigarro ou lamentam por logo ter de acender outro. Em seguida, ela olha para mim. Acabou o descanso.

"Mika, que espécie de caderno é esse?"

"Eu não sei. Apenas um caderno."

"Ele o chama de sua memória", Josh interfere.

"E o que é exatamente que você escreve nele?"

"Bem, tudo que eu não quero esquecer ou que, de outro modo, esqueceria."

"Um diário."

"Não, não é um diário; afinal, eu não escrevo o que aconteceu comigo ou algo assim. Disso eu não me importo de esquecer."

Jolie sorri.

"Eu escrevo versos. Poemas e por aí vai."

"E as letras das canções?" Jolie quer ter mais detalhes.

Victor se encarrega de continuar explicando. "Então, é que Mika me deixa ler o caderno. Eu descubro versos e estrofes que combinam superbem e que ficariam bem com uma das músicas. Se algo ainda está faltando, a gente conversa a respeito, sobre o que se trata e o que ainda deve ser dito."

"Portanto, você escreve de modo meramente intuitivo. Você não tem como objetivo que saia uma canção dali."

Eu aceno com a cabeça afirmativamente.

"E você sempre anda com ele."

"Sim."

"Será que eu poderia dar uma olhada nele, em suas memórias? Quer dizer, não para ler propriamente, mas talvez pudéssemos fazer uma foto dele."

"Eu não sei..."

"Mas é claro que vocês podem fazer uma foto", Josh promete. Ele deixaria que fotografassem até mesmo meus órgãos internos, se isso rendesse uma matéria de capa. "Mika, onde você deixou o caderno?", ele me pergunta.

"No meu quarto", eu respondo, hesitante.

Jolie se levanta. "Se ele não quiser, sem problema. Mas eu sugiro irmos todos ao quarto de Mika, e lá podemos fazer as fotos que faltam. O que você acha, Carl?"

Carl, que o tempo todo ficou comendo calado, dá de ombros, como isso se pouco importasse para ele, o que é evidente.

Ele tira algumas fotos nossas, sentados na cama, em frente à televisão, andando no corredor do hotel, recostados de pé numa parede, sentados numa escada. Ficamos o tempo todo olhando para a câmara, como foi pedido, e após meia hora terminamos. Novamente apertamos as mãos de maneira comportada. Nós agradecemos, eles agradecem, Josh agradece por todos. Tudo aconteceu relativamente rápido, e eu estou aliviado pela ideia de fotografar meu caderno ter caído no esquecimento, ou por Jolie não ter pedido novamente. No caminho para o meu quarto eu me viro mais uma vez na direção do elevador e vejo pela última vez a silhueta magra de Jolie sobre os saltos altos.

Eu me jogo na cama. Que mulher! O jeito como ela me olhou. Seu jeito estranho de me fazer perguntas. Acho que ninguém nunca me fez tantas perguntas. Eu tento me distrair e ligo a televisão. Esse é o trabalho dela, não tinha nada a ver comigo, e fora isso eu sou muito jovem para ela. O que uma jornalista madura poderia querer com um virgem de dezenove anos? Eu queria que ela batesse à minha porta. Que a sugestão de fazer uma foto do meu caderno fosse apenas um pretexto para descobrir qual é o número do meu quarto. Mika, pare de sonhar.

De repente, o telefone toca.

"E aí... posso ver suas memórias?"

É Jolie. Meu coração começa a acelerar. Eu não demoro muito refletindo.

"Sim", eu respondo.

"Até já", ela diz baixinho e desliga.

Isso é pra valer? Será verdade realmente? Ela quer... Mika, pense. Ela perguntou se pode ver o seu caderno, e não se você quer ser o pai dos filhos dela, construir uma casa no campo com ela, cuidar dela quando envelhecer. Ela provavelmente apenas se esqueceu, e agora lembrou de novo. Ela só está fazendo seu trabalho. Sim, faz parte de seu trabalho ir tarde da noite até o quarto de hotel de um cantor jovem a fim de dar uma olhada em seu caderno.

Alguém bate à porta. Não três nem duas vezes. Apenas uma vez, e mesmo assim levemente, embora em minha cabeça soe como se um meteorito tivesse caído. Eu abro a porta e lá está ela. Eu não digo nada. Ela não sorri. Ela apenas olha para mim. Então ela dá um passo em minha direção. Ela tira meus cabelos do rosto e olha para minha boca. Daí ela me beija, longa e intensamente, e me mostra com sua língua o que eu devo fazer. Ela põe a cabeça para trás e pressiona minha boca em seu pescoço esguio. Ela me beija novamente. Cada vez mais provocante e rápida, ela morde levemente meu lábio inferior. Daí ela dá um passo para trás, olha para mim sorrindo e fecha a porta.

Ela se vira para mim, sorri, me beija, tira minha camiseta, beija meu pescoço, me empurra suavemente em direção à cama.

"Deite-se."

Eu faço o que ela diz, não tenho alternativa. Ela abre sua saia e a deixa cair no chão. Uma calcinha preta levemente transparente e uma meia-calça sem ligas. Ela se senta sobre mim.

"Tire minha blusa."

Eu começo pela parte de cima, junto ao seu pescoço, enquanto ela abre os botões de baixo. Um sutiã preto levemente transparente. Ela pega minhas mãos e as coloca sobre seus seios, apertando-as levemente.

Quantas vezes eu imaginei isso. Quantas vezes eu sonhei com isso. E agora está acontecendo. Mas é diferente do que eu fantasiava. É diferente e novo. Jolie geme baixinho, segura minha cabeça e me beija rápida e apaixonadamente.

"Você me quer?", ela me pergunta novamente do seu jeito de fazer perguntas, em que elas não soam como tais. Eu aceno com a cabeça. Ela se levanta e apanha a bolsa que havia jogado sobre uma das poltronas.

Eu fico louco com essa visão. Eu nunca tinha visto uma mulher tão bonita. Nem na rua, numa revista ou num filme pornô. Diante dela, as garotas do meu colégio se parecem mais com representações virginais daquilo que significa ser uma mulher, versões inocentes oriundas de uma cidade pequena.

Jolie ainda está calçando seus sapatos, e o resto de seu corpo está coberto com um mínimo de preto. Ela engatinha de volta pra cama, inclina-se de quatro sobre mim e me beija. Daí ela se endireita e tira minha calça. Meu pau está duro. Eu estou tão excitado que dói. Somente então eu vejo o que ela tirou de dentro da bolsa: uma camisinha.

Nesse momento, desencadeia-se em mim uma série de associações incontroláveis. Eu penso na aula de educação sexual na escola, em que tivemos de treinar numa cenoura como colocar uma camisinha, no outdoor em que uma camisinha aparece com uma carinha triste, abaixo da qual se lê: "Eu também quero me divertir". Penso nas experiências de encher camisinhas com água para ver quando elas estourariam, em mães de treze anos com aparelhos nos dentes. Vejo crianças infectadas com o vírus da Aids perecendo em vilarejos africanos, Freddy Mercury cantando "Bohemian Rhapsody" diante de milhares de pessoas, homens gays que enfiam seus paus num buraco na parede e fodem a bunda de um desconhecido qualquer. Vejo meu tio em seus estertores, e de repente eu me vejo em seu lugar, definhando, coberto de eczemas, solitário, morto.

Jolie abre a embalagem com os dentes e percebe que há algo de errado. Ela se inclina sobre mim.

"Você não precisa ter medo, Mika. Não agora. Não aqui. Não de mim." Ela me beija e acaricia meu pau adormecido. Ela desce lentamente, segura a camisinha entre seus lábios e a coloca em mim com a boca. Essa visão faz com que eu esqueça tudo. Quando ela percebe que ele está ficando duro de novo, ela começa a gemer baixinho. Ela então se senta sobre mim. E deixa que eu a penetre. Ela se movimenta devagar, acaricia o próprio corpo, inclina-se sobre mim, cada vez mais rápida e determinada. Daí ela me olha nos olhos. Eu penso "eu te amo" e gozo. Eu solto um grito, sinto como se meu corpo todo fosse explodir, como se eu fosse o meteorito que caiu há pouco.

Ela sai de cima de mim e se deita ao meu lado.

"E aí, foi melhor do que estar no palco?", ela me pergunta, com um sorriso.

"Mil vezes melhor."

"Você topa fumar um?", Jolie me pergunta.

Eu rio. Não posso pensar em nada melhor no momento e me pergunto quantas vezes essa mulher ainda vai me surpreender.

"Topo", eu respondo.

Ela se levanta e puxa um pacotinho de maconha e seda de sua bolsa, atirando os dois para mim na cama. "Mas você enrola."

Depois ela pega seus cigarros e acende um, jogando o maço para mim.

"Você queria me mostrar um caderno."

Ela fica de pé diante de mim. Jolie. Jornalista. Linda. Sexy. Provocante. Inteligente. Meu primeiro grande amor. Eu daria tudo para ela.

"Claro. Está em cima da mesa."

Ela se joga na poltrona e abre o caderno. Enquanto enrolo o baseado, eu a observo, vejo o modo como ela lê, concentrada, uma página após a outra, fumando seu cigarro. Nunca uma mulher se interessou por mim. E nunca ninguém fora o Victor se interessou pelo que eu escrevo.

Ela lê alguns versos em voz alta. "Isso estava em uma das canções hoje à noite", ela diz.

"Sim."

"Quando você escreveu?"

"Depois que eu vi o diabo pela primeira vez."

Ela sorri. "E como ele é?"

"Não sei. Ele não tem uma forma de verdade, não uma forma humana ou parecida."

"E o que você fez?"

"Eu vendi minha alma para ele."

Ela agora ri. Me entrega o caderno na cama e me passa o isqueiro. Depois ela pega o baseado e começa a dançar.

"A música era ótima."

"Qual?", eu pergunto.

"Ora, aquela em que você fala do diabo."

Eu me levanto e tiro da minha mala a câmera fotográfica que havia encontrado em uma das caixas do meu tio. Eu sabia que algum dia poderia precisar dela, e agora o dia sem dúvida chegou. Ela não me nota, continua dançando com a música em sua cabeça, enquanto eu a fotografo. Daí ela me passa o baseado.

"Vamos trocar", ela diz.

Eu dou a câmera para ela, saio da cama e dou mais uma tragada. Eu estou cansado e contente. Esse foi sem dúvida o melhor dia da minha vida.

Quando eu acordo, Jolie sumiu. Eu tenho de me concentrar rapidamente para entender que aquilo tudo não foi um sonho, afinal a camisinha no cesto de lixo é minha testemunha. Realmente aconteceu. A cama inteira está impregnada com o cheiro dela, meu cabelo, minhas mãos... Eu já estou com saudade. Eu me pergunto quando vou vê-la de novo. Com certeza eu não fui o melhor dos amantes, mas foi a minha primeira vez, e ainda se pode aprender.

Minha primeira vez. Foi isso. Minha primeira vez. A lembrança de Jolie me excita, mas aí o telefone toca. Josh.

"Caro Mika, bom dia. São nove e meia. Às dez a gente vai se encontrar no lobby."

Os últimos dias foram tranquilos. Nós não ensaiamos e tampouco tivemos compromissos. Josh acredita que agora o melhor é deixar as coisas rolarem.

É curioso estar em casa de novo. A casa me parece estranha, como se fosse de uma vida passada. Somente no quarto do meu tio, em meio a toda aquela música maravilhosa, e em seu leito de morte, é que eu me sinto realmente em casa. Passo horas ouvindo discos e pensando em Jolie. Passados alguns dias, eu mal consigo me lembrar de seu rosto, mas seu cheiro ainda está presente, como se ela estivesse no mesmo recinto que eu. Volta e meia eu me pergunto se devo ligar para ela, mas sei lá por que eu tenho certeza de que vamos nos rever.

Na primeira manhã eu encontro minha mãe, já de saída de casa com duas malas a reboque.

"Mika, meu querido!", ela fala alto, solta as malas e me abraça. "Você parece cansado", ela constata, depois de olhar em meus olhos, escrutinando. Que louco o tanto que se aprende em medicina, eu penso comigo mesmo.

"Sim, de alguma forma o lance ainda está impregnado em meus ossos", eu digo.

"Lance?", ela pergunta, confusa.

"Apresentação. Show", eu explico, mas ela continua me olhando sem entender nada.

"Eu fiz um show com minha banda em Berlim."

"Em Berlim. Banda." Somente agora me dou conta de que não tive a oportunidade de contar tudo pra minha mãe. Ela enruga a testa. "Você está bem, meu filho?", ela pergunta, preocupada.

"Sim", eu digo. "Muito bem", e tento dar um sorriso convincente.

"Isso é o que importa." Ela me dá um beijo e diz: "Meu querido, tenho de ir. O táxi está esperando e não posso perder meu voo". No caminho até a porta ela diz: "E quando eu voltar você me conta tudo sobre essa banda, certo? Eu te amo".

Uma semana mais tarde eu vou a uma reunião no escritório. Claudia, a assistente de Josh, está sentada atrás do balcão da recepção, quando me vê entrar pela porta.

"Os outros já chegaram. Estão todos sentados lá atrás com o Josh", ela diz, e sorri com seu sorriso branco resplandecente. Eu me pergunto se aquilo é por causa de seus dentes mesmo ou apenas o contraste com sua pele tostada por bronzeamento artificial, e que passa essa impressão de um branco perfeito.

"Tudo bem", eu digo e me viro em direção ao escritório, no entanto Claudia se levanta, dá a volta no balcão e me abraça suavemente.

"Parece que você realmente causou uma boa impressão. Queria ter estado lá." Ela se agarra em mim. Como em nosso primeiro encontro, seus seios tocam em meu ombro. "Talvez você pudesse falar bem de sua esforçada recepcionista para o Josh, para que eu possa ir com você da próxima vez", ela cochicha em meu ouvido.

Vir comigo. Eu olho para ela. Nossos rostos estão bem próximos. Ela olha rapidamente para a minha boca, daí para os meus olhos e sorri. Eu não me arrisco a admitir que isso que acabou de acontecer é o que claramente parece ter sido. Eu estou irritado e inseguro.

"Farei isso", eu digo sucintamente, e caminho ao longo das mesas de trabalho, todas devidamente ocupadas. Todos interrompem seu trabalho e me cumprimentam. Parecem me conhecer, embora eu nunca os tenha visto. Através da parede de vidro do escritório de Josh eu posso ver os rapazes sentados, com o ar triste, e Josh caminhando de um lado para o outro, gesticulando. Eu abro a porta e Josh interrompe o que estava dizendo. "Mika!", ele fala em voz alta, de um jeito amável.

Os outros sequer olham para mim.

"Desculpe o atraso", eu digo. Pareço um aluno que chegou muito atrasado para a aula na escola.

"Este é o grande roqueiro", Leo diz, sem olhar para mim.

Josh ignora o comentário de Leo. "Mika, tenho ótimas notícias", ele diz. "Nós estamos na capa da *Rolling Stone*."

"Nós... não me faça rir", Leo diz. "Você quis dizer Mika. Não há sequer uma palavra sobre nós ali."

Hot me passa a revista. A capa estampa uma foto em que eu apareço deitado sem camisa sobre uma cama. Ao meu lado, meu caderno com uma inscrição bem clara: "A memória de Mika". Um baseado aceso no cinzeiro sobre a mesa de cabeceira. E o título:

A MEMÓRIA DE UMA GERAÇÃO

"Mika é o líder da banda, então. A matéria é sobre vocês", diz Josh. "Nós ainda nem lançamos um disco e já conseguimos uma matéria de seis páginas na *Rolling Stone*. Isso é algo inédito na história da música."

Mas Leo não dá a mínima para o que Josh está dizendo. "Você comeu a mulher ou o quê? Afinal, de onde veio essa foto?"

Eu não sei o que devo dizer. Jolie deve ter tirado o filme da minha câmera. Afinal, esse era o trabalho dela. Não tinha nada a ver comigo. Tratava-se do cantor. De uma boa matéria. Tudo em mim desmorona. De repente, eu vejo Jolie e aquela noite sob um prisma completamente diferente.

"Isso é uma merda federal", Victor diz.

A dureza de suas palavras me surpreende e fere. Justamente dele eu esperava algum apoio, pensava que para ele seria óbvio que eu não tenho nada a ver com o que aconteceu, mas ele não para por aí.

"O que você tinha em mente com isso, Mika?"

O clima na sala, as acusações do pessoal, a decepção com Jolie, tudo isso me faz sentir uma culpa que eu não consigo compreender. Eu não fiz nada, a não ser me sentir como eu mesmo pela primeira vez. Será que isso não é certo? Eu não posso ser quem eu sou?

Eu saio correndo do escritório, quero ficar sozinho. Vou para a escadaria, me sento nos degraus e folheio a revista. Outras fotografias foram reproduzidas. Meu caderno aberto com os versos da canção que tanto agradou a Jolie. Um close meu, eu dormindo e um instantâneo do show, em que apareço de pé ao microfone e de olhos fechados. Acho as fotos bonitas. Bem íntimas e verdadeiras. Daí eu dou uma olhada no artigo.

Realmente não há sequer uma palavra sobre os rapazes. No começo o nome da banda é citado, mas fora isso tudo trata somente de mim. De repente, uma sensação de felicidade me invade. Sei lá, eu estou orgulhoso, embora eu saiba que não deva. Eu estou na capa da *Rolling Stone*. Jolie me usou, mas ela me eternizou para todos os tempos.

No mesmo momento me ocorre que, justo agora que tudo começou, pode também estar acabando; o pessoal pode se separar de mim e eu vou ficar novamente sem rumo. Mas eu não quero isso! Eu não quero ficar sem os caras. Eles são tudo o que eu tenho. Esta banda é tudo o que eu sou.

Eu me levanto e volto para o escritório. Quero dizer para eles que sinto muito, que não foi intenção ou má vontade, e sim que eu fui enganado. Mas os rapazes não estão mais lá. Nesse momento eu sinto um baque. É tarde demais. Já acabou. Perdi a chance de me explicar. E aí eu me lembro da história de Janis Joplin, que li no quarto do meu tio.

Janis sempre se sentiu estranha em sua cidade natal, Port Arthur. Ela sempre foi a estranha, por isso aos dezesseis anos saiu de casa. Apesar de ser mulher, ela ganhou a eleição de garoto mais feio da escola. Dizem que ela foi para a cama com vários caras para se convencer de que era uma mulher atraente. E talvez tenha sido esse também o impulso para se tornar cantora e, por fim, sua sentença de morte. Ela foi para San Francisco, o centro da geração Flower Power, e se tornou a vocalista da banda Big Brother and the Holding Company, com a qual lançou seus dois primeiros álbuns. O sucesso veio pela primeira vez numa apresentação no Festival de Monterrey. Devido a desentendimentos entre a banda e os organizadores, a lendária apresentação de Janis não foi filmada, o que a deixou furiosa. Janis se impôs, e o show foi repetido no fim do festival, dessa vez com câmeras. Quando o filme finalmente foi lançado, a banda ficou chateada porque ela quase monopolizou as cenas. Os desentendimentos se alongaram tanto que Janis se separou da banda. A partir daí, nada mais funcionou. Janis criou a Kozmic Blues Band, mas ela não estava à altura de sua nova posição como líder de banda. O trabalho em conjunto e os lançamentos foram um fiasco. Depois de uma malsucedida apresentação no Festival de Woodstock e devido a sua frustração pessoal, Janis criou a Full Tilt Boogie Band, que produziu seus maiores sucessos. Porém, durante das gravações para seu último álbum, *Pearl*, um dia antes de colocar a voz nas canções, Janis foi encontrada morta em seu quarto de hotel. Oficialmente, ela morreu de uma overdose de heroína. Janis Joplin tinha 27 anos.

"Paul, eu já ligo de volta para você." Josh termina sua ligação e vem até mim.

Eu os perdi. Elas foram embora. Foi isso. Eu começo a chorar. Josh me abraça.

"Mika, está tudo bem. Você não fez nada de errado, muito pelo contrário. Isso é demais." Ele me solta, dá um passo para trás, abre bem os braços. "Isso é demais. Simplesmente fenomenal. Os telefones não param de tocar. Um pedido chegando atrás do outro."

"Mas...", eu digo, com a voz embargada.

"Não leve os rapazes tão a sério. É claro que isso arranhou um pouco o orgulho deles, mas passa."

"É?", pergunto. Eu quero tanto que ele tenha razão.

"Com certeza, Mika. Mais tardar no mês que vem", ele faz uma pausa expressiva, "quando vocês fizerem a primeira turnê na Europa!"

Europa? Turnê? Mês que vem? Eu não consigo acreditar no que estou escutando.

"Sim, você entendeu direitinho. Todo mundo quer ouvir a voz dessa geração. O que quer que você tenha feito com a moça da *Rolling Stone*, faça de novo. E com todos."

Não consigo segurar o riso.

"Mika, você é uma estrela. Eu soube disso imediatamente, e ela sabe também." Ele ergue a revista, como se estivesse orando. "E em breve o mundo todo saberá." Ele bate a revista sobre a mesa e se senta numa poltrona.

"E agora eu quero que você vá para casa, faça sua mala e esteja no aeroporto às cinco e meia. Amanhã vocês têm um dia inteiro de entrevistas em Londres. À noite vocês vão encontrar o diretor de seus primeiros videoclipes. Daqui a dez dias vamos filmar, até lá vocês ficam ensaiando para a turnê, que vai acontecer pontualmente quando sair o primeiro single. A propaganda no rádio começou hoje e estamos cuidando dos programas de televisão para o lançamento. Além disso, teremos dias inteiros de entrevista em Berlim, Paris, Lisboa, Milão e por aí vai. Portanto, prepare a maior mala que você conseguir achar, você vai ficar um bom tempo longe de casa."

Não consigo vislumbrar que esse "bom tempo" significa vários anos.

Eu junto tantas cuecas, calças jeans e camisetas quanto cabem na mala e escrevo um bilhete para a minha mãe.

Querida mãe,
vou passar uns tempos fora. Minha banda vai fazer uma turnê europeia. Não se preocupe comigo. Eu entro em contato quando estiver em casa de novo.
Eu te amo,
Seu filho, Mika.

Mas "em casa" logo será uma palavra em outra língua. Um lugar qualquer em mim, que eu não consigo mais achar.

Acordei.

    Onde estou?

Um hotel.

Um quarto de hotel qualquer.

Eu empurro o cobertor.

Essa coisa branca, rígida, cheirando a extrato de flor de lavanda.

O vento frio do ar-condicionado bate em mim.

Isso ou quem sabe o anonimato do quarto me fazem arrepiar. A imagem de um campo florido qualquer na parede tampouco me faz sentir melhor.

Acordei.

Ainda é noite.

Eu me lembro do abraço do corpo nu ao meu lado e procuro o interruptor de luz.

Um quarto de hotel.

Um quarto de hotel qualquer.

Ela é loura e esbelta com seios como os de uma criança.

Eu ainda me lembro bem.

O gemido dela e o suor em seu lábio superior.

O cheiro de seu sexo ocupa todo o quarto.

Um quarto qualquer num hotel qualquer.

Acordei.

Minha cabeça faz o barulho de uma nave espacial.

O sol bate direto dentro do quarto.

Um quarto de hotel qualquer.

Eu me arrasto de quatro até o banheiro.

Coloco minha cabeça sobre o vaso sanitário. O vômito tem um gosto amargo e eu me lembro das cinco gramas de cocaína malhada que cheirei ontem.

Com mais anfetamina do que qualquer coisa.

Mas não tem por que ser muito exigente quando se quer apenas suavizar a noite em um quarto de hotel qualquer. Aí qualquer prazer satisfaz. Algumas coisas são iguais em todo lugar. Como a técnica de dobragem do envelopinho de pó e a sensação de solidão em um quarto de hotel qualquer.

Acordei.

O telefone toca.

Com os olhos fechados eu tateio em busca do aparelho.

"Caro Mika, bom dia. Você está em Paris. São sete e quinze da manhã."

Como todas as manhãs nos últimos anos, Josh me acorda com voz grave e amável. "Você tem exatamente quarenta e cinco minutos para se aprontar. Nós nos encontramos às oito no lobby."

Toda manhã o mesmo ritual. O mesmo texto, em que apenas o lugar e a hora variam. Duas informações que eu imediatamente esqueço quando desligo o telefone me viro outra vez.

O telefone toca novamente. Dessa vez eu pego o aparelho mais rapidamente.

"Caro Mika. São sete e meia. Você ainda tem meia hora."

Dessa vez, Josh ouve até mesmo uma resposta. Um gemido não muito claro sai de minha boca seca. Eu desligo e me levanto. Com os olhos semiabertos eu abro caminho entre garrafas e copos em direção ao banheiro. O que foi que Josh disse, onde é que eu estou? Eu procuro um ponto de referência no quarto. Azulejos brancos, um chuveiro, o secador de cabelos no suporte, o espelho de maquiagem iluminado ao seu redor, toalhas felpudas no suporte aquecido. Ao lado, uma placa com a inscrição conhecida, como a tradução me revela:

CUIDANDO DO MEIO AMBIENTE
Por favor, preste atenção no seguinte –
Toalha no chão significa: troque!
Toalha no porta-toalhas quer dizer:
Será usada outra vez.

Eu me aproximo e procuro por palavras que me são familiares no texto original. Francês. Parece ser francês. Logo, eu devo estar na França ou na Bélgica. Tanto faz. Eu entro no chuveiro. Enquanto a água quente escorre em minha cabeça, eu mijo no ralo. O que foi mesmo que um sujeito me contou outro dia? Segundo estudos científicos, uma vez na minha vida ao menos uma molécula de minha própria urina vai chover sobre mim.

As probabilidades são ruins para mim. Embora eu tenha feito tudo direitinho nos primeiros 26 anos.

Penso no dia em que estive pela última vez em casa. Na briga por conta da capa da *Rolling Stone*. A reportagem de capa nunca mais foi mencionada, e tudo meio que ocorreu como Josh havia profetizado. As cidades, as entrevistas, os shows, as festas, as garotas, as drogas, tudo se dilui em minha lembrança como um grande "todo", um ciclo imenso e sem fim, em que uma coisa puxa a outra sem parar. O primeiro single puxa o segundo, o primeiro álbum puxa o segundo, o fim de uma turnê puxa o começo de outra, o dia puxa a noite, a noite puxa as drogas, as drogas puxam as festas, as festas puxam as garotas. O tempo é apenas um conceito; o sono, uma palavra estrangeira. Estar sozinho, impossível; solidão, um estado constante. Embora estejamos sempre juntos, os rapazes e eu vivemos separados. Não demorou muito até que eles estivessem exaustos e entediados. Sempre a mesma coisa. As mesmas perguntas, as mesmas canções, as mesmas festas depois dos shows. Paris, Londres, Berlim. Loura, morena, ruiva. Gim, vodca, uísque. Pó, maconha, comprimidos. Para eles era sempre a mesma coisa apenas. Durante o dia, enquanto eu durmo, eles passeiam para conhecer a cidade. À noite, eles vão comer, ao cinema ou beber algo num lugar legal. Quando eu apareço no lobby extremamente cansado, eles sempre me perguntam o que eu fiz. Mas eu não conto nada. Eles têm de saber por conta própria. Todos vivem através de mim: a imprensa, os fãs, Josh, o escritório, a equipe de som. Além da minha, eu não vou viver a vida no lugar dos meus rapazes.

Quando eu saio do chuveiro, o telefone toca novamente.

"Mika, são sete e quarenta e cinco. Você já tomou banho?"

"Oui, monsieur."

"Bien, então nos vemos em quinze minutos no lobby. Por favor, não esqueça de acertar o frigobar quando fechar a conta."

"Farei isso."

Depois de ter desligado, eu olho ao meu redor. Um verdadeiro campo de batalha. A moça da limpeza certamente vai gostar.

A moça da limpeza. Eu me jogo na cama. Cinco minutos para a minha fantasia favorita. Eu ligo a televisão do hotel no canal pornô. "Por favor, tecle o número do seu quarto e confirme." Sempre a mesma merda. Como que eu vou saber isso? Eu olho pro telefone. 324, cuja soma dá 9, e essa é por sua vez a soma de 27. O número não me abandonou. "Treze euros serão debitados de sua conta." Tudo bem, tudo bem. Nada é de graça. Há quatro canais. Nos dois primeiros está passando uma besteira hollywoodiana qualquer. Nos canais 3 e 4 dá para assistir a tudo que o executivo solitário precisa para relaxar. No 3, um pau negro imenso, em close, come a bunda de uma mulher branca que grita, com seus peitos flácidos e sorriso falhado. Eu mudo para o 4. Um pornô francês metido a sofisticado. Ele vestido de terno come ela, que usa um corselete, deitados numa *chaise longue*, numa casa em estilo barroco. Essa parece ser a cena certa para esta manhã. Eu começo a me masturbar no mesmo ritmo. Logo ele fica duro, e eu olho em direção à porta.

Alguém bate e abre no mesmo instante. A moça da limpeza me vê nu sobre a cama, meu pau na minha mão. Ela de imediato se vira, envergonhada. "Excusez-moi, monsieur, perdoe-me." Ela já está saindo do quarto novamente quando eu grito. "Espere!". Ela fica de costas para mim, de pé, sob o caixilho da porta. Seu uniforme azul-escuro é folgado, mas mesmo assim dá pra ter uma ideia do seu corpo. "Feche a porta." Depois de um breve hesitar, ela me obedece. "Venha aqui." Ela se vira e olha para mim. Seu cabelo é escuro e a pele, clara. Tímida, ela se aproxima da cama. Eu dou a entender que ela deve se sentar ao meu lado. Daí eu seguro seu pescoço esguio e forço sua cabeça para baixo. Primeiro ela se defende, mas depois começa a chupar o meu pau.

De repente, o telefone toca novamente. Eu deixo tocar e me imagino gozando na sua boca. O aparelho toca de novo, e eu atendo com a mão grudenta.

"Eu vou descer já", eu digo, rapidamente.

"Tudo bem."

Eu limpo minha mão e o aparelho melado com o cobertor, daí apanho minhas roupas no chão, me visto, pego minhas coisas no banheiro e as jogo na minha mala. Desligo a televisão, bem na hora em que o francês goza na cara da mulher, e já estou saindo do quarto quando me lembro do frigobar. Eu abro a pequena geladeira. Só uma solitária garrafa de suco de maçã. O resto todo está vazio e espalhado pelo quarto. Eu pego a garrafa, espero que o suco tire esse gosto da minha boca.

No lobby, eu vejo os rapazes e Josh bebendo café em um sofá. Josh pede o café sempre uma hora antes. Uma medida preventiva, antecipando meu tradicional atraso. Eu caminho até a recepção e procuro nos bolsos da minha apertada calça jeans o cartão de crédito dourado.

"O senhor que fazer o *check-out*?", pergunta o recepcionista gay, em seu terno verde-escuro.

Eu aceno afirmativamente com a cabeça. Ele sabe quem eu sou, sabe meu nome, que ele agora digita no computador, para descobrir o número do meu quarto. Muito alto como sempre, ele diz, depois de uma rápida olhada na tela:

"Acesso a canal pago, e tem mais alguma coisa do frigobar, monsieur?"

Eu tomo um gole do suco de maçã.

"Tudo", eu digo sucintamente e empurro o cartão para ele, sobre o balcão.

Esse puxa-saco gay obviamente é nosso fã, e enquanto passa meu cartão, ele com certeza me imagina bêbado caído na cama, me masturbando. Que filho da puta perverso!

Uma van já nos espera diante do hotel.

"E o que você fez ontem à noite?", Leo pergunta.

Eu entro no carro sem dizer uma palavra. Josh nos explica a programação de hoje. Sendo que ele está, na verdade, falando apenas para mim. Os rapazes sabem sempre de cor os nossos compromissos.

Hoje não podia ser pior. Os European Music Awards. Esse ritual típico de grandes eventos começa com uma passagem de som às nove. A essa hora, nada em mim já está acordado de verdade, quanto menos a minha voz. Mas nós vamos tocar ao vivo, por isso eu vou tentar ao menos dar um sinal no microfone para o encarregado do áudio. Depois espero poder voltar para o hotel. Ver televisão, fumar, vagabundear. À noite, certamente vamos ser pegos por uma limusine idiota e levados até o tapete vermelho. Nós estamos indicados em todas as categorias possíveis, e os repórteres vão fazer perguntas tão inéditas quanto: "Você estão nervosos?".

"Como você se sente tendo sido indicado?"

Ou ainda: "Hoje à noite vocês também vão tocar. Vocês prepararam alguma coisa especial?".

Esses shows se transformaram cada vez mais em números de circo, e se alguém não atravessa pneus em chamas, não dança com um boá de penas ou se pendura num trapézio, então realmente não preparou nada de especial. Eles deveriam chamar essas premiações de Show Awards e não Music Awards.

Não, nós não estamos nervosos, tampouco preparamos alguma coisa especial, pouco importa se vamos ganhar ou não, o que importa é que a festa depois seja boa! Vocês queriam ouvir isso? Não. Então não me perguntem isso também!

Ainda pior do que o calvário com os repórteres é o que acontece nos bastidores. Todos estão por lá. Os caras que todo mundo conhece, ou aqueles que não se conhece, mas acima de tudo aqueles que dizem conhecer você. E você tem de ouvir quão bom é o disco, quão inovador foi o último vídeo, quão bom foi o show do qual eu não consigo mais me lembrar. Essa badalação seria até simpática se o que essas pessoas fizessem não fosse de tão mau gosto, de modo que seu elogio é quase um insulto. Mas nós rimos educadamente, acenamos, agradecemos, trocamos apertos de mão e esperamos que a porta do camarim se feche atrás de nós o mais rápido possível.

Nós chegamos e entramos pelos fundos. Na entrada, onde se recebe os crachás para os bastidores e as pulseiras para a festa posterior aos shows, está Jolie. Desde aquela noite eu nunca mais a vi. Ela saiu da *Rolling Stone*, trabalha numa revista nova, algo diferente de tudo que já foi publicado, alguém me contou. Ela vem até mim e me beija no rosto.

"Oi, Mika."

"Oi."

"Você cresceu."

A ambiguidade dessa afirmação me deixa mal, mas eu digo: "Graças a você".

Ela sorri. "Eu ainda não tenho um quarto de hotel para hoje à noite, a cidade inteira está cheia", ela diz.

Meu pau fica duro só de imaginar em comer a Jolie. Tanto faz o que aconteceu naquela época. Ela foi apenas a primeira de muitas. Nada mais. Se o lance do quarto de hotel é apenas mais um de seus truques, se ela ficar pedindo ao longo da noite um lugar no quarto para todos com quem ela já transou, juntando cartões magnéticos suficientes para jogar cartas, para mim tanto faz. Eu tiro o cartão do meu quarto de dentro do meu bolso e dou pra ela.

"Você tem outro?", ela pergunta.

"Eu mando fazer outro", eu respondo.

"E o número do quarto?"

"Está escrito aí atrás." Eu viro o cartão na mão dela. Josh sempre faz com que escrevam o número, porque, via de regra, eu não consigo me lembrar. Quando eu estou diante da porta, minha velha mania volta. Eu multiplico, divido, faço somas, até chegar ao 27 como resultado. Quando eu não estou muito chapado, eu acabo conseguindo e tenho uma sensação prazerosa. Todos ficam se perguntando quando vai chegar o dia e como vai ser. No que se refere ao quando, eu sei antecipadamente.

Jolie me dá um beijo de novo, dessa vez na boca.

"Até mais tarde", ela diz, com um sorriso frívolo.

Eu aceno.

Cherry vai passar o som antes de nós. Na verdade, não se pode chamar isso de passagem de som, porque não é ela realmente quem canta e tudo vem da banda. É, antes de tudo, um ensaio com figurino, embora eu me pergunte se aqueles farrapos que ela veste podem ser chamados de figurino. De repente, sobe um balanço lá de baixo. Ela se senta nele e seus dançarinos começam a empurrá-la. Cherry movimenta seus lábios de acordo com a música, enquanto o balanço avança sobre a plateia. Quando se está preparado para morrer pela música, pode ser também desse jeito.

Eu penso na corrida com o táxi a caminho do hospital, quando a canção dela tocava no rádio e de como me acalmei ao pensar na xoxota dela, penso no pôster na sala de ensaio e em nosso primeiro e até hoje único beijo.

Foi numa dessas típicas festas pós-show, no meio da pista de dança. Foi aí que escutei essa frase já familiar: "Eu não sou uma dessas mulheres". Quantas vezes eu não ouvi isso. Eu não sou uma dessas mulheres. Levou um tempo até que eu encontrasse a tática certa para convencer as garotas do contrário. No começo eu tentei com conversa. Com sinceridade. Com palavras compreensivas. Daí elas diziam: "Eu quero, mas não posso". Uma lógica que somente as mulheres entendem. Quando eu quero, então eu também posso, a não ser que eu esteja muito chapado. Em algum momento eu saquei tudo: a solução para o enigma é mais do que simples. Eu simplesmente não posso desistir. Devo ser delicado, mas insistente. Sufocar suas tentativas de explicação com beijos, levá-las para o quarto do hotel ou outro lugar tranquilo, despi-las apaixonadamente e fazer uso de toda e qualquer zona erógena que puder encontrar. Se isso não bastar, então eu tento o truque que uma maquiadora certa vez me revelou. "Na verdade, toda mulher gosta de ser lambida", ela disse. "Mas você deve fazer com calma, e não lambuzar tudo lá embaixo como um cachorro. Se ela mover o quadril para a frente, então está valendo. Se for para trás... então você já sabe."

Porém, com Fiona, como na verdade Cherry se chama, é diferente. Ela é uma estrela. Ela mesma vive nesse círculo estranho. Ela sabe que é desejada, que pode ter quem quiser. Depois de nosso beijo na pista de dança, nós nos falamos muitas vezes pelo telefone. Por horas nós falamos de nossas vidas, mas hoje é a primeira vez que estamos nos revendo. Ela vem suada do palco e simplesmente me diz: "A gente se vê na festa depois do show". E para mim está claro o que isso significa.

Depois que terminamos nossa passagem de som, é hora do ensaio com as câmeras. De repente, a diretora de palco para tudo. Por um tempo nada acontece, mas subitamente um sujeito baixinho, mais velho, se planta na minha frente.

"Desculpe, mas assim eu não consigo trabalhar", ele diz. "A número um é a sua câmera, aquela lá na frente com a lâmpada vermelha." Ele aponta para a plateia. "Lá estão os telespectadores, e eles querem ver seus olhos; por favor, olhe pra lá."

"Quem é esse cara?", eu pergunto à diretora de palco, que está ao lado.

"Ele é o diretor do show."

"E o que ele quer de mim?", eu pergunto a ela, mas o anão se mete na frente.

"Eu sou o diretor do show, e assim eu não consigo trabalhar. Vocês não usam nenhum efeito durante a apresentação, e o cantor ainda por cima tira os olhos da câmera o tempo todo! Assim não dá, assim não dá mesmo!"

"Diga ao diretor desse show", eu falo relaxadamente para a diretora de palco, "que meu nome é Mika e que eu estou acostumado a que as pessoas primeiramente se apresentem antes de começarem a gritar merda para mim. Além disso, diga que ele pode assistir ao show de merda dele, comigo fora do palco." Eu me viro e começo a sair, mas Josh me para.

"Vá para o camarim. Eu resolvo isso", ele me diz baixinho. Ao sair, eu o ouço dizer: "Bom dia, eu sou Josh, o empresário...".

Leo me segue em direção ao camarim. Ele está furioso. "O que aconteceu, Mika?"

Então Josh e os outros entram.

"Sei lá, algo que o anão queria de mim", eu digo.

"De qualquer maneira, ele estava bem irritado", diz Victor, mas Josh interrompe o início do debate básico sobre meu comportamento e que eu tenho de ouvir de tempos em tempos.

"Não foi nada. Eu estava na van de transmissão e estava animal, tudo está maravilhoso."

"Posso ir para o hotel agora?", eu pergunto.

"Agora vocês têm algumas entrevistas agendadas, depois vocês vão comer, em seguida serão maquiados e daí já será hora de seguirem para o tapete vermelho."

Esses eventos televisivos são uma merda. Por medo que nós não voltemos pontualmente para o show, temos de cumprir uma maratona de entrevistas que dura horas: os diversos jornalistas e operadores de câmera que vão cobrir o evento se acomodam em pequenas cabines, e aí a gente vai de uma para a outra, aguentando as mesmas perguntas de sempre.

A imprensa tem um ponto de vista curioso, de que tudo se trata de dar e receber. Alguns têm até mesmo a pretensão de achar que precisamos deles, de que eles teriam contribuído com o sucesso de certa pessoa, de que outra deve algo a eles. Mas por que alguém se torna jornalista, repórter, editor? Por que eles se interessam pelas histórias dos outros? Porque eles simplesmente não têm o que dizer. Porque suas vidas são tão monótonas e vazias que eles precisam de alguém que as viva por eles, através de quem eles possam aproveitar a vida. Todos eles são iguais. E eu estou cansado disso. Exceto pela entrevista com Jolie eu nunca mais me reconheci em um artigo ou reportagem. Eu sou apenas a figura que eles conseguem imprensar em seu formato. Talvez seja por isso que eles se chamam imprensa, porque eles imprensam você. Imprensam de um lado, de outro, por cima e por baixo.

Nós somos levados de cabine em cabine, de sessões de fotos para entrevistas de rádio e televisão, e de repente ela está sentada lá. Clara. Eu já a vi várias vezes na televisão, mas só a encontrei uma vez. No bar, durante uma festa pós-show. Eu percebi que ela mascava chiclete e perguntei se ela tinha um para mim. Ela disse que só tinha aquele, mas que poderia ser meu se quisesse. Eu a beijei, e ela me passou o chiclete com a língua. Daí eu fui embora.

Clara é a apresentadora do show de hoje à noite. Ela dá a impressão de ser de outro planeta. Cabelos bem vermelhos, lentes de contato azuis, roupas coloridas. Ela se parece com uma princesa europeia num desenho de mangá. A forma como ela se apresenta e se veste é tão irreal, que eu muitas vezes já me perguntei quem está atrás disso tudo de verdade. Enquanto ela está sentada de frente para nós, fazendo algumas perguntas de praxe e nos pedindo que desejemos feliz Natal aos espectadores, embora estejamos no meio do ano, tento imaginá-la nua. Quando eu penso nela sem a cor artificial de seus olhos, acho que vejo melancolia ali. Até mesmo uma tristeza profunda. Como será que ela é de fato, livre de sua existência artificial, quando se deita ao lado de alguém depois de transar? Quem é essa mulher? De onde ela vem? Clara é seu nome verdadeiro? Que tipo de música ela ouve, de que filmes ela gosta? Que sonhos ela sonha e, principalmente, que medos ela tem? Eu quero conhecê-la, mas isso vai ter de esperar, pois logo seremos levados pela assessora de imprensa para a próxima cabine, para a próxima entrevista.

O jantar está o.k. e o gim-tônica, que eu tomo depois, me desperta. Eu permaneço no camarim até a hora de seguir para o tapete vermelho. Eu convenci os rapazes de que é uma merda chegar lá com a limusine. Hot teve uma ideia brilhante e mandou providenciar quatro bicicletas motorizadas para nós. Eu ligo o motor e saímos fazendo barulho entre as limusines, indo da entrada do *backstage* até o tapete vermelho. Os fãs berram, os fotógrafos gritam, mas simplesmente passamos por eles dirigindo. Até o meio do tapete vermelho e daí para o hall. Desligamos os motores e a barulheira acaba. Nós rimos e nos divertimos com nosso golpe. Às vezes ainda temos momentos assim, em que somos novamente os velhos amigos, e esse foi um desses raros instantes.

Nós temos que entrar no hall e nos sentar na tribuna para os indicados. Agora eu já estou chateado. Sentar por duas a três horas nessas cadeiras de plástico e ver o tipo de merda que o mercado musical transformou em dinheiro no último ano. Não fumar, não beber e mijar somente sob vigilância. Mas aí ela sobe ao palco. Clara. Os números musicais se tornam mais suportáveis porque fico esperando Clara fazer a próxima apresentação com um de seus figurinos de tirar o fôlego.

Nós ganhamos na primeira categoria, melhor apresentação ao vivo. Os rapazes se alegram, e eu fico tremendo atrás deles. Eles agradecem comportadamente aos fãs que nos elegeram, enquanto eu olho para Clara. Ela percebe, mas foge do meu olhar. Nós nos sentamos de volta, e a tortura vai para o segundo *round*. Nas categorias seguintes nós não ganhamos nada, por sorte, mas levamos outro prêmio do público, o de melhor vídeo. Os rapazes se alegram novamente e nós vamos para o púlpito. Os três se afastam e Victor me intima a dizer a algo. Eu me inclino sobre o microfone. Eu não sei o que devo dizer. Na verdade, eu não gostei muito do vídeo premiado, achei o mais recente melhor, então eu digo: "Ah. Obrigado... tudo bem, mas eu acho nosso vídeo novo melhor".

Leo me coloca de lado e ri. "Boa piada, Mika", ele diz. Daí ele agradece ao diretor pelo clipe, "e também aos nossos fãs, é claro". Para mim tanto faz. Se quiserem, eles que terminem seu puxa-saquismo politicamente correto, eu apenas disse a minha opinião.

Nós somos apanhados na entrada do palco e levados diretamente para o outro palco, onde em menos de um minuto iremos tocar. Todos estão no maior alvoroço e me pressionam para que eu ande rápido, mas eu faço questão de, antes, tomar mais um gole de água. Minha garganta está seca depois de mais de duas horas sem líquido, e eu tenho de beber algo para poder cantar. Mas é claro que atrás do palco não é permitida nenhuma bebida, e sei lá quem tem de sair correndo para providenciar água para mim. Os rapazes já estão junto a seus instrumentos e nós estamos sendo apresentados quando eu finalmente recebo minha água. No momento em que subo ao palco, as câmeras já estão voltadas para os rapazes. Eles estão ali, na contraluz, e a plateia enlouquece. Eu chego até o microfone e a gritaria fica ensurdecedora. Eu tiro o microfone do suporte e me viro para Leo, que agora inicia a contagem. O palco se ilumina e os rapazes começam a tocar.

Eu imagino o anão do diretor em sua central de comando, xingando, com a cabeça vermelha, depois se deitando no chão, suplicando, rogando a Deus que eu finalmente, por favor, me vire, somente uma vez. Mas eu fico como estou. De costas para o público, eu canto nosso sucesso atual. Nos telões à esquerda e à direita, nas laterais do palco, eu posso ver as câmeras filmando as minhas costas. Eu começo a me mover, insinuo que vou me virar, sem, contudo, fazê-lo. Eu não sei como tive essa ideia. Eu não havia pensado nisso antes. Foi algo espontâneo e agora que eu já comecei, quero continuar assim até o fim. Leo olha para mim furioso. Victor está surpreso. Somente Hot ri. Ele chega a errar uma vez, de tanto rir. Certa vez eu li que Jim Morrison ficou de costas para o público durante todos os primeiros shows do The Doors porque ele não se atrevia a olhar para a plateia. Eu vou fazer o mesmo até o fim, eu digo a mim mesmo.

No último refrão, eu levanto o microfone e todos cantam comigo. Victor para de tocar, Hot toca apenas as notas baixas, e Leo usa somente o bumbo. Muitas vezes fazemos assim quando tocamos ao vivo, mas para esse show isso não havia sido planejado, pois tínhamos de nos limitar a três minutos. Por diversas vezes, no início do verso, eu afasto o microfone de mim, e as pessoas cantam cada vez mais alto. Somente quando a canção está terminando eu me viro e olho diretamente para a câmera 1. Os rapazes intuitivamente adiam e alongam o término. Continuam o som e eu mantenho o olhar. Eu penso: eis o que você queria, diretor do show, seu olhar de merda para a câmera. Agora você não pode mais me acusar de não ter feito o que você queria.

Daí os rapazes dão um corte e a luz se apaga. Os aplausos são incrivelmente eufóricos e não diminuem. Até na tribuna dos indicados todos estão de pé, aplaudindo. Clara tenta apresentar a atração seguinte, mas ela não vence o barulho. Somente quando saímos do palco é que as pessoas começam a se acalmar aos poucos, e o show pode continuar.

Hot me abraça. "Velho, isso foi genial!"

Eu também faço festa. A vingança me fez bem. Eu então berro: "Arrasamos nesse show de merda!".

Josh chega e me abraça. "Foi como uma bomba. Uma bomba com um pavio longo, mas como ela explodiu!"

Eu rio e olho pro Leo, que balança a cabeça, desanimado. "Agora você realmente exagerou total", ele me diz. "Poderia ter dado tudo errado também."

"E daí? Mas não deu", eu digo.

"Leo, calma aí, as pessoas acharam de foder", Hot diz. "Essa também é a única razão pela qual eu não enfio a mão na cara do Mika agora."

Depois de dizer isso, ele se vira e sai. Eu grito para ele. "Você quer me enfiar a mão na cara? Pois então se atreva! Pare de ficar apenas falando e se atreva finalmente a fazer algo!"

Josh me puxa pra trás. Victor, que não disse nada o tempo todo, vai atrás de Leo. Hot permanece de pé ao lado, chocado.

"Vá para o hotel, Mika", Josh diz. "Eu cuido disso."

Eu faço o que Josh diz e sigo para o hotel, pergunto ao *concierge* qual é o número do meu quarto e peço um novo cartão para mim. No quarto, eu enrolo um baseado e pego o uísque do frigobar. Ligo a televisão e vejo o encerramento do show. Clara está agradecendo aos espectadores, ao público presente. E de repente, ela cantarola as primeiras palavras de nosso refrão e põe o microfone para o alto. De imediato, as pessoas reagem e cantam a plenos pulmões com ela. Daí rolam os créditos finais.

Isso é a gota d'água para mim. Estou definitiva e irrevogavelmente apaixonado por essa mulher e tenho de conhecê-la.

Alguém bate à minha porta. Deve ser o Josh, me perguntando quando eu quero ir para a festa pós-show. Mas quando eu abro a porta, é Fiona quem está lá.

"Agora estou feliz por poder ver você de frente", ela brinca. "Que cheiro interessante. Posso dar um tapa também?"

"Claro", eu digo e deixo que ela entre no quarto. "Eu não sabia que você fumava", eu digo, depois de nos sentarmos na cama e eu passar o baseado para ela.

Ela traga e tosse. "Na verdade, nem eu. Mas eu pensei que com você seria a primeira vez perfeita." Ela sorri. Cherry. A eterna virgem. "Eu queria pegar você para ir à festa, lembra? A gente tinha combinado."

"Sim, claro", eu digo. "Vou vestir rapidinho uma camiseta limpa."

"É uma boa ideia. Você está fedendo."

Fiona, ou melhor dizendo, Cherry e eu chegamos com quinze minutos de atraso ao tapete vermelho da festa. Todos os fotógrafos e cameramen parecem ter sido despejados aqui e ficam totalmente alvoroçados quando nos veem entrando juntos.

"Aqui!"

"Desse lado, olhem pra cá!"

"Cherry, Mika!"

"Vocês estão namorando?"

"Há quanto tempo vocês já estão juntos?"

É até divertido sacanear com a cara deles, e eu faço uma pose relaxada, colocando o braço em volta da cintura estreita de Fiona. Provavelmente ela espera que isso funcione como uma espécie de promoção, algo que faria muito bem ao seu álbum *Bitter sweet*, mas para mim pouco importa. Nós até chegamos a dar uma entrevista a um grupo de cinegrafistas, em que afirmamos que o nosso filho já está a caminho e que em breve vamos nos casar.

É claro que eu esqueci meu crachá e minha pulseirinha, e depois que o segurança na porta faz onda por alguns segundos, vem um cara enfatiotado que o coloca de lado, me dá a mão e se desculpa. Quando Fiona e eu mergulhamos no barulho da festa, começamos a rir. Como duas crianças que pregaram uma peça no vovozinho na casa vizinha, nos divertimos com nossa encenação. Nós vamos até o bar e ao bufê, daí de volta para o bar. Os repórteres são colocados para dentro a fim de tirar mais algumas fotos exclusivas e obter algumas declarações adicionais sobre o evento. E logo o primeiro avança em nossa direção, querendo saber detalhes do casamento que está por vir, mas nós caímos fora e procuramos um lugar tranquilo qualquer. Fiona levanta a toalha de uma das mesas redondas do bar e se mete lá embaixo, eu sigo atrás. A toalha da mesa desce até o chão, ninguém vai nos descobrir aqui, e nós começamos com uns amassos. Eu passo a mão sob seu tomara que caia e acaricio seus seios, daí desço até a saia puxo sua calcinha úmida para o lado. Ela abre minha calça e começa a esfregar meu pau, mas aqui embaixo é muito apertado para transar de verdade. Fora isso, minha bexiga está apertada por causa dos drinques. Eu interrompo nossa bolinação e digo: "Eu tenho três problemas".

Ela ri. "É? Então diga logo quais são."

"Primeiro, eu tenho de ir urgentemente ao banheiro. Segundo, eu quero transar com você de qualquer jeito e, terceiro, hoje eu dei o segundo cartão da porta do quarto para um amigo que estava sem teto, daí a gente não pode ir para o meu quarto." Ela me beija e endireita a saia.

"Bem", ela diz. "Se esses são atualmente seus três piores problemas, então eu posso te ajudar. Agora você vai fazer pipi. Daí você me apanha aqui, nós vamos para o meu hotel e fazemos sexo."

Agora sou eu que tenho de rir. "Isso soa como a solução perfeita para os meus problemas", eu digo, dou outro beijo nela, me arrasto para fora da mesa e saio cambaleante em direção ao banheiro. O caminho é longo, e eu tenho de perguntar duas vezes onde fica. Além disso, eu preciso de me esconder dos repórteres, que tocaiam a próxima vítima. Eu me sinto como um soldado no meio da selva no Vietnã e que é caçado pelos vietcongues pela mata. Os helicópteros trovejam sobre mim, eu ouço tiros de rifle a certa distância, enquanto eu tenho de lidar com animais exóticos a caminho do rio.

No banheiro, o sujeito que está no mictório ao lado fala comigo, de lado.

"Ei, você não é aquele Mika?" Eu não reajo. Algo a que me acostumei rapidamente quando nos tornamos famosos. Se você não faz nada, a maioria das pessoas desiste. Mas esse caipira bêbado não tem nada melhor para fazer do que bater no meu ombro com sua mão toda urinada.

"Apresentação de foder, cara", ele diz.

Eu me livro de sua mão e vou até a pia. O protozoário passa a gritar a plenos pulmões:

"Ei, pessoal, este aí na pia é o Mika."

"Sério, é ele? Como chama mesmo sua banda, Fears, não é?"

Quando eu saio do banheiro, não é que escuto alguém perguntar: "Ei, cara, Mika do Fears, do que você tem medo, hein?".

Eu não consigo entender que pessoas assim sejam admitidas numa festa como essa. Mas eu acabo rindo também. Ao lado desses fracassados, a gente se sente ainda melhor. Agora eu pego o caminho mais rápido até Fiona e... E, de repente, ela está lá. Clara. Ela está em pé perto de um dos bares. Eu me escondo num canto e a observo.

Ela está usando um vestido tomara que caia cor de hortelã. Nas costas foram costuradas pequenas asinhas transparentes. Seus cabelos vermelhos brilhantes estão presos numa trança longa. Ela olha para os lados, como se alguém a tivesse chamado ou se estivesse procurando alguém. Nossos olhares se encontram. Suas lentes de contato azuis me iluminam à medida que ela vem até mim. Ela sorri esse sorriso do qual eu nunca vou me esquecer.

"Aí está você", ela cochicha em meu ouvido. "Eu procurei você por toda parte."

Por sorte ela não procurou sob as mesas, penso eu.

"Você é meu príncipe? Vai me salvar?"

Eu não tenho ideia do que se passa comigo. Ela parece me hipnotizar. Jolie provavelmente já está esperando por mim no quarto do hotel, com sua roupa íntima sedutora, e Fiona está sentada sob a mesa, ela que hoje deixou que eu a beijasse pela segunda vez e me deu a perspectiva de conseguir ainda mais, porém eu digo: "Sim".

Clara imediatamente pega a minha mão e me puxa, sem se despedir das pessoas com quem conversava, e vai para a rua. Nós entramos num táxi que está desocupado e ela diz o endereço, senta-se sobre mim e começa a me beijar. Como se apenas um minuto tivesse passado, o motorista para de repente. Clara sai de cima de mim e paga. Nós entramos no prédio de uma fábrica e usamos um elevador de carga para chegar até o último andar, onde ela abre uma porta de aço.

Ela acende a luz. Eu sigo atrás dela através do amplo corredor, atulhado de roupas, vestidos e sapatos. Daí chegamos na casa propriamente dita. Uma sala gigantesca, cuja fachada é uma janela só, através da qual se pode ver Paris iluminada. A sala parece ser o retrato fiel de Clara: colorida e cheia de atrativos. Nada parece combinar, mas, ao mesmo tempo, é harmonioso. Em toda parte há quadros pendurados. Em todo lugar vazio tem algo. Por alguns minutos eu quase a esqueço, enquanto esquadrinho o resto. Esta sala parece ser ela mesma, parece espelhar toda sua vida. Eu caminho até o espaço diante da janela onde fica sua cama. Ela está esperando à porta, me observou o tempo todo. Me observou enquanto eu olhava para sua vida. Ela abre a parte de trás de seu vestido e o deixa cair. Exceto por uma calcinha e uma meia-calça rosa, ela está nua. Ela vem até mim e me despe devagarzinho, me beijando apaixonadamente. Daí ela se senta sobre mim e me deixa penetrá-la.

Sem perguntas ou medos.

Eu me perco nela.

Nós fazemos amor três vezes nessa noite.

Depois de acordarmos na manhã seguinte, melhor dizendo, depois de vermos o sol nascer, eu pergunto: "Quando a gente vai se ver de novo?".

Eu não consigo me lembrar de já ter feito essa pergunta após passar uma noite com uma garota, mas eu estou falando sério.

"Hoje à noite", ela responde. "Simplesmente venha para cá quando puder."

"O.k.", eu digo. Eu digo simplesmente o.k. Depois me visto e chamo um táxi.

"Eu acompanho você até lá embaixo", ela diz.

Eu já estou prestes a sair e ela ainda está completamente nua.

"Você não precisa fazer isso", eu digo.

"Claro que sim, espere um pouco."

Ela vai direto até um dos inúmeros armários e num piscar de olhos está vestindo um macacão azul luminoso.

"Pronto."

Quando chegamos lá embaixo, o táxi ainda não está à vista, mas de repente uma BMW 7 preto fosco freia bruscamente bem do outro lado da rua.

A porta se abre, e um homem posiciona sua teleobjetiva no espaço entre a porta e o para-brisa. Primeiro eu fico chocado com a manobra de franco-atirador, mas no momento seguinte eu corro até ele. Ele abaixa a câmera e se levanta diante de mim. Um sujeito de dois metros de altura, que parece ter chegado aqui com sua BMW vindo de um lugar em guerra qualquer, para fotografar, em vez de cadáveres, pessoas apaixonadas.

"Que porra é essa?", eu digo, mostrando confiança.

O *paparazzo* olha para mim incrédulo. "Estou fazendo apenas o meu trabalho."

Ela diz isso de uma maneira tão natural que eu preciso de alguns instantes até que possa reagir. "Me dê o filme já", eu digo.

"Não", ele responde, calmo.

"Eu tenho o direito às fotos no exato momento em que elas são feitas ou até mesmo de exigir sua imediata destruição", eu falo o texto que treinei com meu advogado. Mas a realidade parece ser um pouco diferente desses parágrafos, pois o Rambo musculoso simplesmente responde: "Então venha pegar".

Diante de meu transtorno, ele ainda espera um pouco até voltar tranquilamente para o seu carro e sair cantando os pneus. Quando eu me viro, o táxi já está esperando por mim.

Clara não fala nada.

"Até mais tarde", eu digo.

Ela sorri e me beija.

Quando eu chego ao hotel, eu volto a me lembrar de Jolie. Será que ela está esperando por mim? Será gelou a champanhe e está vestindo um roupão transparente? Engraçado, isso seria a última coisa que eu queria agora. Na verdade, nesse momento eu não consigo me imaginar mais transando com outra mulher. Quando eu coloco o cartão na fechadura e a luz verde se acende, meu coração sobe até a boca. Mas o meu quarto está vazio. Apesar disso, há uma carta sobre a cama desfeita.

Mika.
Quem você realmente pensa que é, para lidar assim os sentimentos de uma pessoa? Primeiro você passa anos sem dar notícias, o que teria sido o mínimo depois de nossa inesquecível noite juntos, depois você me deixa aqui a noite toda esperando por você. Ah, e tem mais: não precisa agradecer por aquele meu artigo que fez de você quem você é. Eu me sinto usada.
J.

Eu leio a carta duas vezes antes de cair na gargalhada. Eu nunca mais dei notícias, ela se sente usada. Incrível e impressionante como ela consegue virar as coisas a seu favor. J., vá se catar. Eu estou apaixonado, e desta vez por uma mulher que me ama também.

O dia passa como que em câmera acelerada. Nós damos algumas entrevistas para as rádios, a fim de divulgar o show da noite, cujos ingressos já esgotaram. Sou perguntado o tempo todo sobre meu casamento com Cherry, mas a única coisa que eu tenho na cabeça é Clara. Eu mal posso esperar para ir para a casa dela depois do show. Josh quer que eu lhe diga o endereço exato, pois hoje ele tentou me achar no quarto do hotel, em vão. Ele diz que quer me apanhar amanhã cedo para viajarmos juntos em sua Mercedes; assim, eu poderia ficar com ela mais tempo. Ele parece perceber o que está acontecendo comigo e quer, à boa e velha maneira do Josh, aproveitar a viagem a dois para ter uma ideia da situação.

Depois do show eu não perco tempo tomando uma ducha ou fumando um baseado, mas me sento logo num táxi e vou para a casa da Clara.

Quando ela abre a porta e vê meus cabelos suados, me dá um beijo e diz: "Primeiro vamos tomar um banho de banheira".

Assim que eu encontro um espaço livre para minhas bolsas em seu closet, entro no banheiro. Eu observo Clara acendendo as velas, despindo-se, soltando a trança, tirando as lentes de contato e deitando-se na banheira. Eu tiro minha roupa, enquanto ela me olha sorrindo. Daí ela me pergunta: "O que eram aquelas manchetes nos jornais?".

Eu olho para ela, confuso.

"Você vai se casar com outra mulher."

Eu rio alto, depois explico que se trata apenas uma piada e que somos só amigos.

Ela sorri de volta seu sorriso inesquecível. Eu entro na banheira. "Deite sobre mim", ela diz.

A água quente que nos envolve me dá a sensação de estarmos totalmente juntos. Depois que gozo dentro dela, eu me deito do outro lado e fecho os olhos. Minha respiração se acalma aos poucos. Não tenho noção de quanto tempo passamos assim, parados um ao lado do outro. Quando abro novamente os olhos, a banheira está vermelha. Clara está inerte, com os olhos fechados, do outro lado. Assustado, eu observo seu peito e tento ver se ele sobe e desce, se ela ainda respira. De repente eu entro em pânico.

"Clara!", eu chamo alto demais.

Ela levanta a cabeça. "O que é?"

"Eu achei que... eu pensei que você...", eu tento explicar. "A água", eu digo, finalmente.

Ela ri. "São apenas meus cabelos."

Ela passa os dedos ao longo de sua trança. Parece que seus cabelos estão sangrando. A tinta vermelha escorre pelos seus dedos e pelo braço. Eu respiro aliviado. Depois saio da banheira e, no corredor, procuro algo dentro da minha bolsa.

"O que você está fazendo?", ela pergunta. "O que você quer?"

Eu fico de pé à porta com minha câmera fotográfica, e procuro o lugar certo para posicioná-la. "Eu quero nos eternizar."

Coloco a máquina sobre uma estante diante da banheira. Daí ajusto o disparador automático para trinta segundos.

"Feche os olhos, coloque a cabeça pra trás e não se mova."

Ela faz o que eu digo, e eu aperto o disparador. Rapidamente eu volto para a banheira e me deito no mesmo lugar que estava. Alguns segundos depois eu ouço o zumbido do disparador e pronto.

Na foto, vai parecer que dois amantes estão numa banheira cheia de sangue. As cabeças caídas, os olhos fechados. Juntos, eles tiraram as próprias vidas, para eternizar o sentimento mútuo.

Depois que a câmera dispara, nós permanecemos por alguns segundos em nossa pose inerte. Em seguida, Clara levanta a cabeça e me sorri. Eu nunca senti tanto amor como nesse instante.

Ela vem até mim e se deita com a cabeça sobre o meu peito. Como que do nada, eu digo:

"Você sabia que Jim Morrison foi achado morto em sua banheira?"

"Sério? Por quem?"

"Por sua namorada, Pam. Eles haviam se mudado para Paris, porque lá seus fãs lhe dariam mais sossego do que nos Estados Unidos. Não que as pessoas não o conhecessem em Paris, mas os franceses simplesmente são mais tranquilos no que se refere à tietagem."

"Sim, Paris é tranquila, não é?" Ela me olha, com expectativa.

Eu rio e a beijo.

"E de que ele morreu?", ela quer saber.

"Bem... não tenho ideia. Segundo a versão oficial, Pam o havia acordado à noite porque ele roncava muito. Ele foi para o banheiro, daí chamou por ela de repente. Não estava se sentindo bem, vomitou a comida, cuspia sangue. Mas ela acreditou quando ele disse que não estava tão mal assim. Por volta das seis da manhã, quando ela acordou, ele não estava ao seu lado. Ela correu até o banheiro, e Jim estava inerte na banheira. Pam pensou que ele estava de sacanagem. Mas ele não se movia. Ela tentou tirá-lo de lá, porém não conseguiu. Ao menos foi o que ela alegou, depois de ter chamado a emergência. Mas não houve uma autópsia. O estranho é que Pam disse que a água estava um gelo."

"Ele estava lá dentro já havia muito tempo?"

"Parece improvável, não é? Quer dizer, a água precisa de um tempo para ficar realmente fria. E gelada? Esse é o melhor remédio contra uma overdose."

"Ah, verdade? Basta água gelada numa banheira? Vai ver que ele se drogou muito, percebeu e se enfiou logo na banheira, em vez de chamar a ambulância. Mas isso também parece meio estúpido."

"Existe uma teoria conspiratória. Algumas pessoas afirmam tê-lo visto na mesma noite no seu bar favorito. O barman do lugar à época afirma que Jim teria ido ao banheiro tomar alguma coisa, que ele acha que seria cocaína, malhada com heroína. Ao ser encontrado, o dono do estabelecimento teria providenciado que ele fosse levado para casa, pois ele tinha medo de que, com o escândalo, os traficantes deixassem de ir lá, fazendo com que o bar perdesse clientes."

"Então levaram ele para casa, jogaram na banheira e deram no pé?"

"Bem, isso significa que ele ainda estava vivo quando chegou em casa. Eles o colocaram na banheira, na esperança de que ele se recuperasse. Mas quando ele bateu as botas, eles se mandaram de lá rapidinho."

"Que merda... e se eles tivessem chamado logo a ambulância, será que ele teria sobrevivido?"

"Muito provavelmente."

"Ele era bem jovem, não é?"

"Vinte e sete. E a namorada dele, Pam, morreu três anos mais tarde de overdose de heroína. Também tinha vinte e sete."

Essa é a melhor noite da minha vida até agora. Eu conheço esses momentos de autoentrega, em que a única coisa que conta é o que se está fazendo. Não se pensa em nada mais, apenas se está ali para fazer o que se está fazendo. Completamente pleno daquele momento. Totalmente si mesmo. Totalmente consigo. Eu conheço esses momentos do palco. Não é sempre que funciona. A longuíssima rotina de mais de 150 shows anuais foi o que mais contribuiu para tornar mais difícil eu alcançar esse estado. Em certo momento, eu concluí que o mais fácil é fazer a mesma coisa toda noite. Aquilo que eu já conheço funciona e os fãs celebram. Para eles, o show é um momento único, mas para mim tudo acontece como uma espécie de representação, de encenação em que eu projeto sentimentos, em vez vivê-los de fato.

Nessa noite eu vivencio essa completude, esse momento de autoentrega, do ser absoluto, por várias horas seguidas, durante as quais eu tenho meu primeiro grande amor em meus braços.

No dia seguinte, como prometido, Josh vem me buscar.

Eu vejo um jornal no banco do passageiro. Na capa, Clara e eu. Ela num macacão azul luminoso e eu com minha parca. Estamos nos beijando. Embaixo, uma foto minha com Fiona no tapete vermelho e a manchete:

MIKA TRAI ESPOSA GRÁVIDA

Eu pego o jornal e me sento.
"Está tudo certo, Mika, não se preocupe", Josh diz. Ele me fita com um olhar penetrante através de seus óculos grossos. "Você a ama? A Clara, eu quero dizer."
"Sim."
"Bem, então temos que comemorar! É a primeira vez que a imprensa escreve algo sobre você que é apenas uma meia idiotice." Sua risada alta levanta meu astral. Eu fecho a porta, e a gente dispara pela estrada em direção à próxima cidade. Uma cidade qualquer. Não aquela em que Clara mora, isso eu sei.

Durante a viagem, o celular de Josh toca. Ele atende e passa pra mim. É Fiona.
"Ei, onde você está?", eu pergunto, surpreso.
"Eu ainda estou debaixo da mesa esperando que você volte do banheiro."
Ai.
"Então, e você, onde é que está?", ela rebate a pergunta. "Ah, desculpe perguntar, o mundo todo já sabe de qualquer jeito."

O sarcasmo em sua voz é insuportável.
"Os pelos entre as pernas dela também são tingidos de vermelho?"

Eu não sei o que devo dizer. "Eu sinto muito", eu finalmente acabo soltando.

"Você sente muito. Você sente muito."

Eu não digo nada.

"Você a ama, então?" Ela pergunta de uma maneira quase amável, e eu caio na armadilha.

"Sim", eu respondo.

"Você é realmente um grandíssimo filho da puta, sabia?! Primeiro você me beija e depois lambe a xoxota dela. Você é muito nojento."

Eu nunca a vi falar de um modo tão vulgar.

"Sabe de uma coisa, Mika? Você não consegue amar ninguém. Porque a única coisa que te interessa realmente é você mesmo."

Ela está tentando me ferir e está conseguindo. É como sempre dizem, você não deve revelar muito de si para o outro, pois no fim isso será usado contra você. Agora eu entendo a mensagem.

"Você foge, Mika, será que você não percebe? Tudo o que você faz te afasta cada vez mais. Primeiro aprenda a amar a si mesmo antes de afirmar que você ama outra pessoa."

Como sempre, ela desliga sem dizer tchau.

Josh continua dirigindo calado. Eu tampouco digo qualquer coisa.

Será que tem que ser sempre assim, perder algo para ganhar algo?

Nós ficamos presos num engarrafamento e chegamos bem pouco antes do início do show. Hoje é a última apresentação de nossa terceira turnê europeia. Eu troco de roupa ainda no carro e vou direto para os bastidores. Ao mesmo tempo, os rapazes são avisados de que eu cheguei; eles já estão tocando a introdução da primeira canção. Apesar de nosso crescente afastamento nos últimos anos, essa é a primeira vez que deixamos de lado nosso ritual pré-show, em que aproximamos nossas cabeças e dizemos que nos amamos.

Quando eu subo ao palco, tudo me parece estranho. Os rapazes, a música, o microfone, minha voz, mas acima de tudo minhas letras. Eu não consigo mais entender os meus próprios versos. Os medos, as preocupações e os anseios parecem estar tão distantes, como se eles nunca tivessem sido parte de mim. Eu me sinto como se tivesse de imitar a mim mesmo. Fazer uma caricatura ou cópia de Mika. Eu tinha criado um personagem. Um ídolo, um ideal de mim mesmo, mas de repente nada disso tem a ver comigo. Tudo parece ser irreal. Os holofotes, os cabelos molhados de suor sobre minha testa, o aplauso. Como se fossem de uma vida anterior, conhecida, mas bem distante.

O sentimento é frustrante. Nada funciona, e eu saio do palco de mau humor. Eu estraguei tudo. Foi um show de merda, acima de tudo para mim. Eu sempre quis fazer bons shows. E agora eu falhei.

Eu preciso de algo – imediatamente. Eu quero me sentir de novo. Tenho vontade de dar uma viajada.

Vou até o nosso iluminador. Ele sempre tem alguma coisa.

"Sim, cara, eu tenho um troço de foder mesmo." Ele tira um saco de um de seus bolsos. "Aqui, cara, cogumelos mágicos, recém-colhidos."

"E ele vão me levar para bem longe?", eu quero saber.

"Claro, cara, para bem longe, para onde você sempre quis ir. Mas cuidado, se você usar muito, você não volta nunca mais."

Pego um dos talos marrom-esverdeados da sacola e começo a mastigar. O gosto é amargo de terra.

"O gosto é realmente uma merda", eu digo.

"É porque eles crescem na merda mesmo", ri o iluminador, cujo nome eu nunca soube.

"O quê?", eu pergunto. Minha boca está grudando com a gosma amarga.

"É, cara, em merda de vaca, é aí que essas coisas crescem."

Eu não acredito em uma palavra sequer, mas agora também pouco me importa. Eu enfio outro na minha boca.

"Velho, eu realmente tomaria cuidado. Demora até bater. Deixa rolar devagar."

"Tá, tá", eu digo e vou para o camarim. Sempre que alguém diz que o bagulho é pesado, pede que eu tome cuidado, lembra que bate para valer, é porque o troço não vale nada. Mas o que eu posso fazer? Eu não estou com a mínima vontade de sair procurando outra coisa por aí, e aos poucos eu vou me acostumando com esse chiclete natural borrachudo na minha boca.

Quando eu chego ao camarim, os rapazes e Josh já estão sentados lá. Eles parecem estar mal-humorados. Já se foi o tempo em que os bastidores depois do show eram uma festa, mas o clima hoje está pior do que nunca. Eles olham para mim como se alguém tivesse morrido. Eu me flagro pensando que não sou eu, felizmente. E que eu ainda tenho alguns meses, que alívio.

"Nós temos que conversar, Mika."

Josh dá a entender que eu tenho de me sentar. Eu me jogo numa poltrona e engulo mais um pedaço do bolo de esterco mágico.

"Como você está, Mika?"

Por que será que ele está me perguntando isso? Há anos ninguém me pergunta mais como eu estou, por que isso interessa a ele agora? Eu continuo a mascar o cogumelo mágico e dou de ombros.

"Então, trata-se do seguinte. Os rapazes e eu..."

"Velho, que merda foi essa hoje à noite?", Leo interrompe o diplomático início da fala de Josh.

Eu não reajo. Sequer pisco os olhos.

"O que Leo quer dizer é que...", Josh tenta intermediar, mas Leo não deixa.

"A garota fodeu com seu cérebro ou o quê?"

"Leo, por favor, vamos falar sobre o assunto com calma."

"Não, Josh. Não tenho mais saco pra essa merda que Mika está fazendo. Quer dizer, contanto que não atrapalhe a banda, ele pode foder e se divertir como ele quiser, mas agora..."

Victor toma a palavra. "Trata-se de várias coisas, Mika. No começo era bem engraçado o lance todo das mulheres e das festas, mas nesse meio-tempo nós passamos a ter uma responsabilidade. Quanto à música. Quanto à banda. Com os nossos fãs, entende?"

Sobre o que ele está falando? Responsabilidade com os fãs? Ele nunca dá um autógrafo ou tira uma foto com eles, e de repente ele se sente responsável? Então ele que os adote.

Josh tentar explicar: "Nos últimos tempos, a imprensa só fala sobre seus excessos e sobre seus casos. Nós temos medo de que isso prejudique a banda. A música saiu completamente do foco".

Bobagem. Até parece que ele está falando uma grande novidade. Afinal, nos últimos anos, a música é o que menos interessa a ele, é do que menos se trata. Em vez disso, ele nos manda de uma entrevista atrás da outra, de uma entrega de prêmio ou sessão de fotos atrás da outra.

"Mika, você está entendendo o que eu quero dizer?", Josh me pergunta, como se eu tivesse déficit de compreensão. Como se ele estivesse falando com um estudante retardado do terceiro ano. Eu apanho novamente a sacola plástica, torço que pra que o troço comece logo a bater e eu possa aguentar isso aqui, e dou novamente de ombros.

"Nós, os rapazes e eu, gostaríamos de pedir que você pegasse mais leve no futuro. Nós achamos que é o melhor para você e para a banda. Dê uma chance à imprensa para ela se acalmar novamente."

Leo ainda está furioso.

"E principalmente pare com essas drogas de merda. Você ainda vai estragar tudo."

Victor tenta o caminho mais analítico: "Mika, você não percebe que isso transforma você?".

Se ele soubesse. Infelizmente, no momento nada se transforma de jeito algum, fora que eu me acostumei com o gosto amargo.

"Quer dizer, onde é que está o velho Mika?", Victor fala num tom zeloso e preocupado.

Pois então, alguém morreu sim, eu penso. O velho Mika, e isso também é bom. Aos poucos eu vou ficando puto, o que eles querem de mim? Eles não fazem nada a não ser pegar seus instrumentos todos os dias e tocar as músicas. Se eles tocam errado ou não têm saco, ninguém se importa. Eles não estão no centro das atenções do público, não são perseguidos por *paparazzi*. Eles ainda podem passear a salvo entre os pedestres. E só porque eu estraguei um show, eles montaram uma sessão de terapia de grupo aqui, em que eu sou o único paciente! Mas eu digo:

"O.k."

"Como assim 'o.k.'?", Victor pergunta.

"Sim, o.k. Quer dizer, vou fazer isso", eu repito.

"O quê?", Leo quer saber.

"Pegar leve etc."

E nesse momento eu também acredito nisso. Eu só quero voltar para a Clara. Por um instante, todos ficam quietos. Olham pra mim, confusos. Hot ficou o tempo todo sentado ali, como se tivesse quatro anos de idade e fosse obrigado a assistir a uma briga dos pais. Agora ele parece aliviado.

Daí Josh prossegue. "Bem, rapazes, então vamos ao próximo ponto. Nós temos de fazer um novo disco. A partir da semana que vemos entramos no estúdio. O lançamento está marcado para daqui a um ano. Isso significa que vocês têm de terminar tudo em no máximo seis semanas. Para que vocês consigam, acho que dessa vez deveríamos chamar um produtor."

"Um produtor?", Victor pergunta. No fundo, foi ele quem havia produzido tudo nos nossos dois primeiros álbuns.

"Não é nada contra você, Victor", Josh esclarece. "Mas eu não posso mais dar muito tempo para vocês ficarem experimentando as coisas por aí. Eu preciso de resultados. O último disco já tem dois anos – um ano além da conta. E até o lançamento do próximo teremos um total de três anos. Na indústria da música, isso é uma eternidade. Temos de acertar. Vocês têm de se concentrar na composição das canções. É o mais importante agora. Precisamos de material novo. Mika, você escreveu algo recentemente?"

Mais uma vez eu dou de ombros. Para falar a verdade, eu não sei. Eu não tenho mais certeza se apenas imaginei as coisas ou se também as escrevi. E se eu escrevi algo, então muitas vezes foi numa folha de papel qualquer, sacos de vômito do avião, revistas, bolachas de cerveja. E mesmo que eu tenho jogado tudo depois na minha mala, eu não sei se ainda consigo decifrar o que está escrito.

"Muito bom", Josh resume, que em seu otimismo de olho no sucesso interpretaria até um não como um sim. "Então eu diria para você e o Victor se reunirem o mais breve possível." Ele termina o que tinha a dizer e se levanta. "Tudo certo, eu ainda preciso pegar o último voo. Amanhã vocês vão para casa. Descansem alguns dias, daí entramos no estúdio."

Quando eu chego ao quarto do hotel, eu quase esvaziei o saco com os cogumelos, mas eu ainda não estou sentindo nada. Também não esperava nada diferente. Eu apanho toalhas no banheiro e as atiro sobre as lâmpadas sempre claras demais que ficam sobre a mesa de cabeceira, me sirvo de uísque do frigobar, enrolo um baseado, sintonizo no canal pornô e ligo para a Clara. Ela já estava dormindo.

"Onde você está?", ela me pergunta.

"No quarto do hotel."

"Quero dizer, em que cidade?"

"Não sei."

"Como assim, não sabe?"

"Eu não sei. Na verdade, eu nunca sei."

"E o que é então que você diz quando está no palco?", ela quer saber. "Que bom estar hoje aqui em eu-não-sei-onde?" Ela ri baixinho. Eu amo sua voz.

"Não, alguém sempre cola um pedaço de papel com o nome da cidade na beira do palco."

"Não acredito."

"É, sim. Eu não consigo gravar, e depois que cheguei a dizer 'olá, Milão' em Madri, Josh passou a providenciar que alguém colasse esse papel."

"Quem é Josh?", ela pergunta.

"Nosso empresário."

"O cara que buscou você?"

"Sim."

"E você gosta dele?"

Eu me dou conta de que ninguém nunca me perguntou isso, e que eu também nunca havia me perguntado isso antes.

"Eu não sei", eu respondo.

"Como assim, não sabe? Afinal, você passa o dia inteiro com ele."

"Sim, verdade, mas eu não o conheço realmente. Quer dizer, eu não sei absolutamente nada sobre ele." Somente neste instante tudo fica claro para mim. Será que Josh tem mulher, filhos, uma namorada, irmãos, seus pais ainda vivem, em que escola ele estudou, será que ele acredita em Deus? Eu não sei.

"Mas vocês não conversam?"

"Sim, claro, mas é sempre sobre mim ou a banda."

"E você gosta dessas conversas?"

"Hoje não", eu digo.

"O que aconteceu hoje?"

"Foi tudo uma merda hoje."

"O show também?"

"O show também, e depois tivemos uma discussão sobre problemas."

"Que problemas?"

"Eu."

Clara não diz nada. Eu ouço sua respiração.

"A partir da semana que vem vamos começar a gravar nosso novo álbum", eu mudo de assunto.

"E o que você vai fazer até lá?", ela pergunta.

Quando eu percebo qual será minha resposta, eu fico tonto por um instante. Há quanto tempo eu não conseguia mais dizer isso...

"Eu estou livre", eu digo.

"Vamos viajar juntos?", Clara pergunta.

"Seria ótimo. E para onde?"

"Minha família tem uma casa na Suécia. Uma pequena casa branca de madeira, à beira de um lago. Ela é belíssima. Uma vez me salvou a vida."

"Como é que uma casa pode salvar a vida de alguém?"

"Eu fiquei sozinha lá quando tinha dezesseis anos, por alguns meses, porque meus pais não sabiam mais o que fazer."

"O que aconteceu?"

Ela faz uma breve pausa.

"Eu tinha um amigo quando criança. Nós fomos juntos para o jardim de infância, depois estudamos na mesma escola. Em algum momento, percebemos que o que havia entre nós é o que todos chamam de amor. Nós dormíamos um na casa do outro, porque nossos pais achavam tolo nos proibir de fazer isso de uma hora para outra. Estávamos convencidos de que ficaríamos juntos para sempre. Certa noite ele quis passar rapidamente na casa dele para pegar seu material escolar. Eu nunca mais o vi."

"O que aconteceu?", eu pergunto novamente.

"Ele foi atropelado por um caminhão. Morreu. Depois disso, eu fiquei meio ano sem falar uma palavra, e chegou uma hora que meus pais me levaram para a tal casa."

Eu não sei o que devo dizer. Minha boca está seca. Eu tomo um gole de uísque e me sinto bêbado, embora eu ainda não tenha bebido nada.

"Mas o que eu não entendo", eu pergunto, "é de que adianta, depois de uma coisa dessas, depois de uma perda desse tipo, de que adianta ficar sozinha em uma casa na Suécia?"

"Porque a solidão faz bem à saúde", ela responde.

Eu não entendo o que ela quer dizer, e me calo, por isso ela continua falando.

"Em casa, tudo me lembrava dele. Todos lidavam comigo de maneira diferente, tentavam me consolar, o que só piorava tudo. Ficar sozinha, nessa solidão, me deu a oportunidade de fazer as pazes com o que havia acontecido."

Eu respiro fundo. Apesar das toalhas sobre as lâmpadas, o quarto está iluminado demais. A voz de Clara parece não vir do telefone, e sim estar em minha cabeça quando ela pergunta? "E vamos viajar?"

Viajar, viajar, viajar, isso fica martelando em minha cabeça.

"Mika?", ela pergunta.

"Oi." Eu dou risada. Uma alegria incrível desponta em mim.

"Por que você está rindo?"

"Eu não sei", eu digo. "Eu estou feliz."

"Eu também", Clara sussurra.

"Sim, vamos viajar", eu digo. Eu vejo Clara num vestido branco. Com cabelos ruivos esvoaçantes, ele está diante da casa branca e olha para a água. Ela se vira e me sorri.

"Então volte amanhã para Paris. Eu cuido do resto."

"Eu te amo", eu digo.

"Eu te amo", ela diz.

"Até amanhã", eu digo.

"Até amanhã", ela diz.

Eu me levanto para ir ao banheiro. O carpete me parece um musgo profundo e macio. Ele cheira a floresta, eu ouço pássaros cantando. Quando eu aperto a descarga, ela soa como uma gigantesca cachoeira. Eu olho deslumbrado para dentro da privada.

"Água", eu digo. "Água."

Eu abro a torneira da pia e coloco minhas mãos sob ela, formando uma concha. A concha se torna um lago, e a água escorre sobre sua beira.

"Água", eu repito.

Eu ergo minhas mãos e chove em mim.

"Chuva!", eu exclamo.

"Chuva!", eu grito. "Eu estou fazendo chover!"

Eu vou até a ducha e a ligo.

"Eu posso fazer chover, vocês estão vendo?! Eu posso fazer chover!"

Eu fico com roupa e tudo debaixo da chuva quente de verão.

"Clara, eu te amo!", eu grito, berro, canto.

A chuva, a floresta, tudo sou eu. Tudo isso existe porque eu vejo. A vida quer viver, por isso eu vivo.

Eu saio do chuveiro e danço através da neblina da manhã, com o musgo macio sob meus pés.

Em algum momento, a música para de tocar. Eu tiro as roupas molhadas e me jogo na cama. Eu afundo nas nuvens macias.

Nessa hora, a vida toda faz sentido pela primeira vez. Eu sou uma parte dela. Tudo faz sentido. Tudo é vida. Tudo é amor.

De repente, alguém bate à porta. Quando eu abro a porta, horas mais tarde, uma garota loira me empurra e se senta na minha cama. "Você está nu", ela diz.

Eu olho para baixo. "Sim, estou nu", eu constato, surpreso. "Como Deus me criou."

Eu então descubro meu pênis. Como uma coisa estranha, ele está ali pendurado em mim. Eu seguro nele, brinco com ele e dou risada.

"Então eu também vou tirar minha roupa, tudo bem?", diz a garota.

"Sim!", eu respondo entusiasmado. "Venha, vamos correr pelados pela floresta!"

"Não, eu não quero sair agora. Prefiro que você venha até mim."

Ela se deita nua sobre a minha cama, mas eu já estou de novo às voltas com aquele troço balançando. "Você sabe o que é isso?", eu pergunto a ela.

"Não faço a mínima. Para saber eu teria de ver mais de perto."

"Claro", eu digo e fico de pé ao lado da cama. Ela toca meu pau, coloca-o na boca. Daí alguém bate novamente à porta.

"É a minha amiga", ela diz, dá um salto e abre a porta.

Uma fada morena flutua no recinto. Elas se aproximam de mim e começam a me acariciar. Suas mãos parecem estar em todo lugar. Primeiro elas se beijam, depois me beijam, depois a gente se beija a três. A loura despe sua amiga, daí elas ficam de joelhos diante de mim e começam a chupar o meu pau. Elas riem baixinho. Eu rio. Minha voz soa alto através da floresta. Elas me empurram para a cama, e a loura monta em mim. Eu não sei o que está acontecendo comigo, sinto-me feliz como um menino no Natal. Mas quando a loura começa a me cavalgar, eu caio de repente. Eu caio num precipício que parece não ter fim. Eu caio e caio, como no começo de um sonho, mas eu não acordo, e continuo caindo sem parar. Eu agarro a garota loura, tento me segurar nela. Eu quero ficar aqui, não quero cair nesse nada. Eu grito de pânico, me debato, começo a chorar.

De repente, a amiga da loura começa a me bater. "Solta ela!", ela grita. "Merda, solta ela!"

Eu grito, agarro-a pelos cabelos e tapo sua boca. Agora é a loira que bate em mim. E me bate no rosto. Eu bato de volta. Eu bato nela várias vezes. Eu não vejo seu rosto. Tudo o que eu sinto é uma ameaça à minha vida e eu ajo com instintos primitivos. "Socorro!"

"Socorro!", a morena grita. "Socorro!"

Eu pego a luminária da cabeceira ao lado. A lâmpada explode no rosto da morena. A loira se afasta de mim se arrastando e puxa sua amiga.

"Você é completamente maluco!", ela berra. "Você é demente, pinel!"

Eu olho para elas. Elas estão sangrando. Há pânico em seus olhos. Elas se levantam, juntam suas coisas e deixam o quarto. O horror continua a crescer em mim. Eu agarro com força no colchão. O universo explode diante dos meus olhos.

Daí eu apago.

Na manhã seguinte, eu vou até a estação de trem e compro uma passagem para Paris. Eu me sento num banco na plataforma e espero pelo trem, que vai me levar de volta até ela. De volta para Clara. Eu mal consigo me lembrar da última noite. Somente da conversa com Clara, e em algum lugar em mim existe essa sensação, essa certeza de que tudo fez sentido uma vez.

Mas agora já acabou. As pessoas à minha volta correm de um lado para o outro, em direção a um lugar qualquer, que poderia ser seu último destino. Nossa viagem sempre termina. A minha eu sei quando.

Eu observo alguns trabalhadores subindo numa espécie de andaime para chegar até os grandes espaços de publicidade que ficam entre as plataformas. Eles armam escadas e começam a colocar os novos cartazes.

Eu caminho até uma cabine telefônica para ligar para Clara, tiro do bolso da minha calça o papel com número dela e dinheiro trocado.

"Onde você está?", ela pergunta.

"Na estação."

"Quando você chega?"

"Em três horas e meia."

"Certo, eu vou te buscar."

"Tá."

"Estou feliz."

"Eu também", eu digo, mas na realidade nesse momento não estou capaz de ter nenhum sentimento, quanto mais de felicidade. Eu me sinto vazio e exausto. A realidade me tem de volta. Eu gostaria ter de tomado o restante dos cogumelos. Talvez voltasse a fazer sentido, então. Mas eu os deixei no quarto do hotel, assim como provavelmente a metade dos meus poucos pertences. Eu não quero nem saber quantas meias, cuecas, camisas, calças, escovas de dente, carteiras de identidade, cartões de crédito e drogas eu deixei pra trás em quartos de hotel quaisquer nos últimos anos. Todas as vezes eu dou uma checada no quarto, chego até a olhar debaixo da cama, mas sempre esqueço alguma coisa.

Quando eu saio da cabine telefônica e volto ao banco, uns executivos que estão na plataforma lá adiante passam a me encarar, ficam me observando, falam a meu respeito. Eles parecem funcionários da Morte, em seus uniformes contrários à vida. Vocês chegaram cedo demais, eu penso triunfante, mas de repente, a alguns metros de mim, uma garota grita. Ela chama meu nome. Todos se viram e me olham como se me conhecessem. Como é possível? Em geral, quando eu não quero, ninguém me reconhece. O truque é não olhar por muito tempo nos olhos das pessoas; exatamente por isso tantos famosos usam óculos escuros, o que muitas vezes também os entrega ainda mais rápido. Mas quando as pessoas não veem seus olhos, quando você não olha para elas, elas ficam na dúvida por um tempo suficiente para você ter ido embora. Esta é outra regra importante. Sempre permanecer em movimento. Não ficar muito tempo numa mesma posição. Não dar tempo às pessoas de tirarem a dúvida. Mas não pode ser isso. Eu me levanto e olho para os lados e então descubro o que está acontecendo. Eu me vejo em todos os espaços publicitários. Uma revista qualquer me estampou na capa e espalhou os cartazes em toda a estação.

A garota avança até mim. "Mika", ela me chama. "Mika!"

Não demora muito até que todos tenham certeza de que sou eu, e mais pessoas me cercam. Fãs, curiosos, todos eles me rodeiam, puxam as minhas roupas, querem autógrafos, fotos, um filho meu, começam a cantar as músicas. Meu trem finalmente chega, e eu me salvo no vagão da primeira classe. Um dos cartazes está disposto bem na frente da minha janela.

MIKA NA INTIMIDADE COMO JAMAIS

E embaixo está escrito,

O roqueiro
fala sobre sexo, drogas e medo

Eu olho para mim mesmo. Esse sujeito ali me parece um monstro. Uma maldição que eu mesmo criei. Ela me persegue, não me solta, quer que eu seja como ela. O que será que as pessoas veem nesse Mika? Uma coisa é óbvia, eles não veem a mim. Eles veem a si mesmas, quem elas gostariam de ser, quem elas não gostariam ser de jeito nenhum. Mas a mim? Como elas deveriam me ver? Eu mesmo não sei quem eu sou. Uma vez eu tive uma ideia de mim, uma boa ideia, mas apenas uma ideia. Eu não consigo mais me lembrar, mas o sujeito ali não tem nada a ver com isso. Onde está o velho Mika? Quem foi o velho Mika? Uma coisa é certa: eu me sinto velho. Eu me vejo deitado no leito de morte do meu tio. Sonhos na cabeça, música nos ouvidos, uma caneta na mão. Eu me sinto velho. Vivido. Gasto. Eu me sinto passado. Sido. Morto.

Quero ir para casa. Essa frase fica martelando na minha cabeça. Eu quero ir para casa. Às vezes eu a falo até mesmo em voz alta, do nada. Eu quero ir para casa, onde quer que ela seja. Eu estou cansado. Eu quero ir para casa. Todo mundo quer ir para casa quando está cansado. Mas a noite será longa.

A casa na Suécia é ainda mais bonita do que eu havia sonhado, Clara está ainda mais bonita do que em minha lembrança. O tempo passa voando. Ao lado dela eu me sinto eu. Eu mesmo. Contínuo, ininterrupto, infinito. Eu esqueço que o tempo corre diante de mim. Eu esqueço a maldição que tem me acompanhado por tantos anos. Existe somente o agora, aqui, com ela.

Nós acordamos, tomamos café, transamos, vamos nadar no lago, cozinhamos, rimos, conversamos, dormimos, sonhamos, acordamos, vamos até a cidade, compramos livros que não lemos, damos uma volta no lago de bicicleta, vamos nadar, nos amamos na água, tomamos sol, colhemos flores no campo, rimos, brigamos, fazemos as pazes, dormimos, acordamos, estamos juntos, estamos felizes, cantamos músicas infantis, roubamos morangos, caímos um sobre o outro no campo, saímos para comer, nos olhamos, desviamos o olhar, nos olhamos, nos amamos, ela chora, eu choro, nós nos amamos.

Nós estamos deitados juntos na cama e aos poucos minha respiração se acalma de novo. Clara está um pouco suada e cheira a amor.

"Qual seu maior medo?", eu pergunto a ela. Eu já contei a ela tudo sobre mim, sobretudo acerca de meus medos. Mas eu ainda sei tão pouco sobre ela, seu passado, como ela se tornou quem eu amo.

"Eu não sei", ela responde rapidamente. Tenho a sensação de que ela está desconversando.

"Todo mundo tem medos", eu digo.

"Sim, eu sei", ela admite.

Eu não desisto. "Então, quais os seus?"

Ela se deita sobre o meu peito, para não ter que olhar para mim. "De perder você", ela diz.

Eu fico pasmo. Não sei como devo reagir. Algo estranho está acontecendo aqui: nossos medos se complementam. Eu tenho medo de morrer logo, e ela tem medo de me perder. É disso que é feito o amor? É isso que junta duas pessoas? Seus medos?

Nosso sonho termina quando um camponês do vilarejo mais próximo chega com uma mensagem de Josh para mim. Não sei como ele descobriu meu paradeiro, mas ele deixa claríssimo na carta que eu tenho de aparecer imediatamente no estúdio por causa da gravação de nosso próximo álbum. No mesmo estúdio onde, há mais de sete anos, gravamos nosso primeiro álbum. Ou seja, eu tenho de voltar para casa.

Para casa.

Josh providenciou um motorista, que já está a caminho e que não vai tirar os olhos de mim a viagem inteira. Como um criminoso, eu serei levado ao estúdio pelo calado segurança. No fundo, faltam apenas algemas, um protocolo de transferência, a listagem e guarda de meus pertences, um uniforme listado e um companheiro de cela gay, para completar a minha felicidade. Mesmo sem tudo isso, o estúdio se parece com uma prisão. É aqui, portanto, que eu terei de passar meus próximos seis meses.

O novo diretor da prisão, também conhecido como Franz, o produtor de sucessos, tampouco melhora a situação. Ele impõe um regime duro segundo um cronograma preciso. Ele tem de nos integrar novamente ao mundo lá fora, nos ressocializar e fazer de nós membros valorosos da indústria musical, de preferência com grandes sucessos, e sua cota de êxitos não comporta nenhum fracasso. Franz é um sujeito mais velho, baixo, levemente atarracado. Ele cheira bem e sorri de modo amável.

"Olá, Mika", ele me cumprimenta. "É melhor que você vá direto para a cabine. Temos que determinar o tom da canção."

Sem troca de gentilezas, sem qualquer "é um prazer conhecer você", sem qualquer avaliação dos meus trabalhos, conversa sobre o meu passado e sobre como eu me tornei aquilo que me leva a estar preso aqui hoje. Direto para a cela.

"Que canção?", eu pergunto.

"Ah, você ainda não sabe? Josh acha que precisamos logo de um *single* para compensar o tempo que ainda resta até o novo disco sair. É um cover, você conhece a canção. Apenas a cantarole rapidamente para podermos determinar o tom, depois você pode relaxar."

Eu vou até a sala de gravação. Os outros presos me castigam com olhares silenciosos. Novamente nenhum cumprimento, nenhum "como foram suas férias?", nada. É bem provável que eles estejam putos porque eu ficarei preso alguns dia a menos do que eles.

A letra está na cabine. É a canção "Dirt", do The Stooges, que saiu no segundo álbum deles, o *Fun house*, de 1970.

De fato eu conheço a canção. *Fun house* é o último álbum em que Dave Alexander tocou baixo, e foi justo em "Dirt" que ele teve uma participação decisiva. Zander, como o chamavam, foi posto para fora da banda naquele mesmo ano porque ele apareceu completamente bêbado num show. Em 1975, ele acabou morrendo devido à sua paixão pelo álcool. Ele tinha 27 anos.

Franz fala através do *talkback*. "O.k., então toquem a versão para o Mika."

Os rapazes obedecem. Leo começa a contar. Eles fizeram uma versão da canção com ritmo acelerado. O breve *riff* do baixo foi adaptado para possantes acordes de guitarra. A letra é uma alusão direta às reportagens sobre minhas escapadas. Ela começa com

> I've been dirt, and don't care

Daí

> Cause I'm burning inside
> I'm just dreaming this life
> And you feel it, say,
> Do you feel it.
> When you touch me.

Depois

> I've been hurt, but I don't care
> It was just a dreaming
> It was just a dreaming.

Eu gosto da letra. A versão é dançante, mas com uma pegada rock e não tem o clima sombrio do original. Na verdade, está grave demais para que eu a cante com intensidade. Franz interrompe, e em seguida os rapazes tocam de novo três meios-tons acima, e isso me obriga a gritar, o que é muito libertador e finalmente satisfaz também o Sr. Diretor da Prisão, de modo que ele me concede o banho de sol no pátio.

Eu me sirvo de uísque. Preciso de algo para me acalmar. Na prisão não deve ser diferente. Nosso *roadie* Spike passou alguns meses no xilindró por conta falcatruas, até ser libertado sob fiança que nós pagamos, pois não queríamos substituí-lo. Ele contou que em nenhum lugar é tão fácil conseguir entorpecentes quanto na prisão. Parece que ele se divertiu por ali. E como não se sai de lá mesmo, então é mais do que justo que a pessoa possa pelo menos sair de sua cabeça. É exatamente esse o meu objetivo.

Com Clara, eu não precisava de nada. Não fumei nada, não cheirei nada, não ingeri nada. Clara era a minha droga.

Leo entra na sala de gravação e toma um gole direto da garrafa de uísque. Daí ele me lança uma olhar penetrante, mudo. Os outros vêm em seguida e se sentam ao meu lado no sofá de canto. Ninguém diz nada. É evidente que eles querem me punir porque eu cheguei muito tarde para a gravação. Ou se trata ainda do show fracassado? Nos últimos dias, eu fiz exatamente o que eles queriam: eu peguei leve, e foi isso que me fez esquecer do tempo. Eu já estou esperando o ritual da represão que virou moda nos últimos tempos, mas ninguém diz nada.

O desânimo e o silêncio deles me dão uma sensação ruim. Como se eles soubessem algo que eu ainda não sei. Chegou o momento em que serei comunicado de que eles vão continuar sem mim? De que eu fiquei insuportável? De que me tornei um perigo para o grupo, assim como aconteceu a tantos que vieram antes de mim, e que por conta disso morreram logo em seguida, do mesmo jeito como vai acontecer comigo? Talvez fosse melhor assim. Nesse momento eu realmente acredito que isso seria o melhor para nós todos. Nossa amizade está desfeita, se é que ela alguma vez realmente existiu. Então me ocorre que a nossa união se parece com um casamento forçado, daqueles que o casal se ilude que se ama para que seu reino não caia e que a paz na terra permaneça garantida. Talvez fosse melhor incendiar os campos e as cidades, se infligir tormentos trágicos e, depois de uma revolução, introduzir a verdadeira liberdade e dar espaço a um amor legítimo. Eu quero estar com Clara. Quero passar meus últimos meses em seus braços. Essa banda de merda que se dane.

Eu espero com ansiedade para ver quem vai se manifestar. Daí Josh entra e, com ele, um homem magro e alto vestindo um terno de risca de giz feito sob medida, pele pálida e olheiras profundas. A expressão do rosto de Josh é sombria e, pela primeira vez desde que eu o conheço, ele poupa floreios de polidez.

"Este é o doutor Toby Martin, o melhor advogado do país."

Eles se sentam, e o doutor abre os fechos de sua valise. Ou seja, eu tinha razão. Que covardes. Deixam que um advogado qualquer faça o trabalho sujo. Mas por dentro eu estou bem tranquilo. Eu não posso demonstrar nenhuma emoção. Eles, sim. Para mim tanto faz, eu só quero voltar para Clara o mais rápido possível.

Daí o doutor começa a falar. Pragmático, mas num tom cordial. "Mika, eu fui encarregado de assumir a sua defesa. Por isso, eu gostaria de lhe propor discutir essa questão em particular."

Eu olho ao meu redor. Não entendo nada.

Leo ri. "Vocês estão vendo? Ele não tem noção."

Eu estou confuso. O que eles sabem que eu não sei?

"Rapazes, deixem-nos a sós, por favor", Josh diz. Os rapazes se levantam lentamente e deixam o recinto a contragosto. Josh acena para o doutor, e esse parece entender imediatamente. Ele tira um jornal de dentro de sua valise e o coloca diante de mim sobre a mesa.

A capa estampa uma foto minha. Sobre ela, em letras vermelhas:

ELE QUASE NOS MATOU.

Abaixo da minha imagem aparecem várias fotos de duas garotas. Elas mostram, em detalhes, machucados, escoriações e muito sangue. Meu coração quase para quando eu reconheço a garota numa foto de arquivo pessoal, reproduzida a título de comparação. Uma é a loura; a outra, a morena. Eu tinha a esperança que tivessem sido alucinações. Que aquela luminária quebrada e o sangue sobre o cobertor da cama tivessem sido somente o resultado de um desvario.

Mas isso realmente aconteceu. O horror é verdadeiro.

"Nós já conseguimos impor um embargo à imprensa", o doutor me explica. "Portanto não vai haver outras reportagens, até que o processo se inicie. A acusação fala de dupla tentativa de homicídio, no entanto eu poderei reduzir a lesão corporal grave; fora isso existe a possibilidade de argumentar que foi legítima defesa ou que você não estava no uso de todas as suas faculdades. Para isso, seria de suma importância que você descrevesse exatamente o que aconteceu nessa noite."

Meus pensamentos se voltam apenas para uma coisa. Clara. Na matéria traz quando e onde isso ocorreu. Foi na noite antes da minha ida à Suécia.

Quase sem voz, eu conto para o doutor aquilo que eu ainda consigo lembrar, a "viagem", a euforia, o pesadelo, que agora se tornou realidade.

Quando eu termino de relatar, sua expressão parece bem confiante.

"Isso é muito bom", ele diz. "Devido à influência da droga, vamos poder argumentar que o senhor não estava no uso de suas faculdades. Contudo, teremos que comprovar isso. O senhor precisa se submeter a um exame de sangue ainda hoje, e nós temos que fazer que o iluminador que deu as drogas ao senhor testemunhe a seu favor, embora isso também o comprometa."

"Isso eu resolvo", diz Josh.

"Eu serei preso?", pergunto. De repente, o estúdio me parece o lugar mais bonito sobre a Terra. A essência da liberdade.

"Muito provavelmente não. O senhor terá que passar por uma desintoxicação e fazer uma terapia para eliminar a possibilidade de recorrência, mas eu acho que o senhor pode conseguir liberdade condicional se pagar a fiança."

"Sem problemas", Josh constata.

"Bem, agora eu vou me ocupar em esclarecer os pormenores com o promotor público, para evitar, por enquanto, uma detenção e a extradição. Mas o senhor não pode deixar o país e deve permanecer comunicável."

"O senhor pode entrar em contato com Mika o tempo todo através de mim", Josh diz e se despede do doutor. Ele aperta minha mão molhada de suor e diz ainda: "Deixe todo o resto comigo".

Mas tem uma coisa que eu não posso deixar com ele ou Josh sem mais nem menos. Clara.

Eu vou para o escritório do estúdio e tento ligar para ela, mas ela não atende ao telefone. Eu queria mesmo é voar imediatamente até lá e lhe explicar tudo. Eu tento de novo, porém agora o telefone está desligado. Fico mais um tempo sentado ali, aguardando que ela ligue logo de volta, mas nada. Eu ando pelo estúdio, através desses corredores que conheço tão bem, e procuro pelos rapazes, porém eles não estão mais lá. Josh está sentado sozinho na sala de estar e me oferece uma carona. Não conversamos durante o percurso e eu fico surpreso quando ele entra na minha rua. Eu supunha que ele iria me levar para um hotel, como nos últimos sete anos, mas de repente paramos em frente a minha casa.

Casa, é isso, então. Afinal, ela foi minha casa uma vez. Meu lar. Eu penso em minha mãe. Nos últimos anos eu pensei muitas vezes nela. Talvez até todos os dias. Mas na maioria das vezes eu não tinha o impulso de traduzir o pensamento na ação real de telefonar para ela. Nós conversamos raríssimas vezes. Eu percebo que senti sua falta desde que eu achava, àquela época, que logo estaria de volta. Como o tempo é relativo. Não é preciso ser nenhum Einstein para entender isso.

Eu pego minha bolsa no porta-malas. Josh sai do carro e me dá a chave da porta da casa, que ele guardou todos esses anos, e diz:

"Eu acho que dar um tempo faz bem a todo mundo. Afastar-se um pouco... mas tudo vai dar certo. Eu cuido disso."

Eu aceno e ando pelo caminho estreito no jardim em direção à porta azul-clara da casa. Pra mim está claro que essa é maneira de Josh lidar com as coisas. Seu otimismo inabalável, sempre de olho no sucesso, entra em ação de novo, quando já é tarde demais para tudo. Pois é assim. Não é apenas tarde demais. Já passou.

Eu destranco a porta, sem olhar novamente para trás, e entro na casa. Ela parece estar hibernando.

"Mãe!", eu chamo. "Mãe, você está em casa?" Mas ninguém responde. A casa se cala para mim.

Eu vou direto para o quarto sob o teto. Tudo está exatamente como eu deixei. Um disco, coberto por uma camada de poeira, continua na vitrola. Eu o limpo cuidadosamente com minha camiseta, ligo o amplificado e deito a agulha sobre os sulcos. Janis Joplin. Ele esperou por mim e canta a mesma música que eu havia escutado naquela época. Tudo mudou, mas Janis canta as mesmas palavras, a mesma melodia, como há sete anos.

Eu me jogo na cama e fito o mesmo teto que por tantas horas na minha vida fiquei olhando. Ele não mudou. A canção não mudou. O que mudou afinal de contas?

Fui eu quem mudou, penso. Eu mudei. Vejo o rapaz de dezoito anos diante de mim, ele que não sabe o que deve fazer com sua vida. Ele que foge do mundo lá fora. Ele que ouve música de muito tempo atrás e que perambula pelo cemitério. Eu o vejo lendo as biografias de músicos mortos. E como ele desenvolve seu medo de morrer aos 27 anos – e de repente fica claro para mim que eu sou esse rapaz.

Esfriou, mas quase não me dou conta. Eu me levanto quando anoitece e vou para a cama quando o sol nasce. Eu não sei o que fazer da minha vida. Eu como Cornflakes, ouço música, me masturbo cinco vezes ao dia. Aquilo que a gente costuma fazer quando não faz nada. Eu penso bastante no tempo que passou. Os rapazes, os shows, as festas, mas principalmente em Clara. Todo dia eu tento ligar para ela. Nunca ninguém atende, e nesse meio-tempo eu escuto apenas uma voz de computador que me explica repetidamente em francês que esse número não existe.

Hoje é meu aniversário.
Eu me levanto e desço até a cozinha. Pego uma tigela no armário da parede e uma colher da gaveta de talheres. Com um barulho bem familiar, os Cornflakes caem na tigela e estalam quando eu jogo o leite por cima. Eu me lembro inevitavelmente daquele dia há quase dez anos, quando nessa mesma mesa de cozinha, nessa mesma situação, meu destino tomou uma direção inesperada. Eu seguro a colher com a mão e hesito. Eu sinto minha pulsação. Ela está levemente acelerada, mas uniforme. Eu observo os flocos amarelo-dourados dos cereais e como eles nadam naquele líquido branco. Daí eu viro a embalagem dos Cornflakes e leio quais são os ingredientes. Eu não sei o significado da maioria desses nomes. De repente, a natureza morta pacífica e apetitosa diante de mim irradia algo ameaçador. A ideia de que foi exatamente esse café da manhã produzido industrialmente que fez meu coração parar daquela vez não me sai mais da cabeça, e eu não me sinto bem comendo algo que eu não sei bem o que é.

Eu afasto um pouco a tigela com os cereais. Eu vendi a minha alma, e em algum momento nos próximos 364 dias a maldição vai se concretizar e dar um fim à minha vida. O quando já está claro, mas o como permanece a grande questão. Uma intoxicação alimentar? Essa seria realmente uma partida nada lendária.

De repente, o telefone toca. Eu me levanto lentamente e pego o aparelho.

"Parabéns a você, nesta data querida..."

Eu fico confuso. Quando minha mãe termina a canção, eu não digo nada.

"Mika?", ela pergunta. "Mika, meu filho, você ainda está aí?"

"Sim", eu digo.

"Tudo de bom! vinte e sete anos, felicidades!"

"Como você sabia que eu estava em casa?", eu pergunto.

"Eu não sabia, mas quis tentar, afinal eu não tenho nenhum outro número de telefone. E aí está você."

"Sim. Aqui estou eu", eu digo. A ligação está péssima, e parece estar ventando muito onde ela está. "Onde você está?", eu pergunto.

"Nós estamos o tempo todo num lugar diferente. Estou acompanhando um projeto. Nós cuidamos de pacientes em áreas que passaram por catástrofes. Mas não é perigoso."

Não é perigoso. Ela emenda pedaços de corpos de vítimas de terremotos, trata corpos queimados de lava, bombeia água de tsunamis para fora de corpos sem vida e não acha isso perigoso?

"A casa ainda está de pé?", ela pergunta.

Eu olho à minha volta.

"Sim, está tudo como sempre. Por que você não a vendeu?"

"Porque eu pensei que você voltaria algum dia – e agora você está aí."

"Sim, agora estou aqui", eu repito.

"Posso te ajudar?", ela pergunta.

Por um instante eu me pergunto se ela realmente pode me ajudar. Se alguém nessa situação pode me ajudar. Acabo dizendo: "Não, acho que não".

"Você tem dinheiro o suficiente?" Ela então ri alto. "Desculpe, meu filho, eu esqueci. Você afinal é um roqueiro famoso."

Um roqueiro famoso. É exatamente isso o que sou. Ou pelo menos eu fui um. Um roqueiro famoso. E, a partir de hoje, com 27 anos.

"Eu estou orgulhosa de você", ela diz, repentinamente.

"Mesmo?", eu pergunto.

"Mas é claro, meu filho."

Meu filho. O filho dela.

E também o filho da minha imaginação. E um filho da imaginação dos outros. Um filho da fantasia. Mas, sobretudo, um filho do medo. É isso o que eu sou. Um filho do medo. Um filho do meu medo.

"Daqui a pouco voltaremos à Europa por alguns dias", ela diz. "Talvez você possa vir me visitar, meu querido."

Eu não sei o que devo dizer. Eu gostaria de vê-la novamente uma última vez, mas eu passo mal com a ideia de ter de viajar. Quantas vezes nos últimos anos eu dei à morte a possibilidade de me recolher. Milhares de quilômetros em estradas quaisquer, num carro de aluguel qualquer ou no ônibus da turnê. Milhares de milhas em aviões quaisquer. Em cenas de palcos, diante de milhares de pessoas, que não necessariamente só me queriam o bem, sem falar em todo o álcool e nas drogas. Embora tenham se passado apenas duas semanas disso tudo, agora eu não consigo explicar como pude viver essa vida tão enfadonha. Mas naquela época eu ainda não tinha 27.

De repente fica claro para mim que, a partir de hoje, todo dia é dia. Tudo ao meu redor pode significar a morte. Tudo é tão possível quanto é impossível.

"Eu tenho de ir, meu querido. Tenha um dia maravilhoso", minha mãe interrompe meus pensamentos.

"Eu te amo", eu digo.

"Eu também, meu filho."

Eu desligo e olho a minha vida em retrospecto. Parece que eu fiz de tudo para tornar verdadeiros os meus medos. Para realizar a maldição. Uma maldição que eu mesmo pus em mim e que agora vai significar o meu fim.

Meus pensamentos se congelam quando eu vejo a abertura para correspondências na porta se abrir com um ruído alto. Sobre o chão diante da porta está um jornal. Um exemplar de leitura para atrair novos assinantes, pelo que eu depreendo do que está escrito na primeira página. Eu apanho o jornal e me sento no sofá. Eu começo a folhear as páginas com cheiro de tinta preta. O mundo anda mal, todos artigos parecem anunciar isso. Num tom que me é familiar, esforçadamente objetivo, temos acesso aqui à miséria de nossa sociedade, e eu não entendo o sentido disso tudo. Daí vêm as páginas com os classificados. Pessoas que querem se livrar de algo, pessoas que procuram algo e pessoas que procuram alguém. Nas páginas seguintes aparecem os obituários. Pessoas que perderam alguém, expressam o seu luto e publicam seu amor. Os textos curtos dão informações parciais sobre o estilo da morte. "Suavemente adormecido", diz um, ou "após longa enfermidade", ou ainda "levado de forma inesperada". Velhos, jovens e até mesmo bebês são velados aqui.

Um jornalista qualquer me contou que os obituários, ao lado da seção de esportes, são as páginas preferidas dos leitores. E eu posso entender por quê. Uma sensação agradável se irradia em minha barriga. É a mesma sensação que eu tive uma vez, quando compareci ao enterro de um desconhecido qualquer. Uma sensação de contentamento. Uma sensação libertadora. Uma sensação triunfante. Eu sobrevivi a eles. Eu consegui, pelo menos até agora. Eles já se foram, mas eu ainda estou aqui. É claro que a maioria das pessoas tem o dobro da minha idade no momento que morre. Mas agora elas não estão mais nesse mundo, e eu, sim.

De repente eu não confio no que os meus olhos veem. Não consigo segurar a gargalhada ao reler o anúncio. Está escrito:

> Deus nosso Senhor quis por bem que nossa mãe
> Luísa Ataúde
> encerrasse sua vida terrena tão cheia de vitalidade

Depois que eu me acalmo novamente, pego minha "memória" em minha mochila e apanho uma tesoura e cola em meu antigo quarto de criança. Eu recorto o anúncio e o colo em meu caderno. Em seguida, escrevo a data embaixo. Eu pego novamente o jornal e estudo os outros obituários. Como um pesquisador, eu procuro por mais coisas estrambóticas, e de fato descubro outros anúncios que me fazem chorar de tanto rir.

> Meu sogro
> Hardy Kollet
> A personificação da empáfia espiritual e do fracasso humano
> está morto

Eu também recorto esse necrológio cheio de ódio e o colo na página seguinte do meu caderno. A febre me pegou. Eu vou até ao telefone e faço uma assinatura do jornal.

Já passa do meio-dia, e minha fome se torna insuportável. Os *cornflakes*, antes crocantes, se tornaram uma gosma nojenta combinada com o leite. A visão me faz lembrar a ração de que provavelmente se alimentou a vaca, de cujas tetas vem o leite. Ou, melhor dizendo, as centenas de vacas leiteiras, cujo leite materno é misturado e embalado na embalagem tetrapak que eu comprei ontem. Eu imagino mulheres sendo mantidas em estábulos. Às centenas, eu as vejo em pequenos boxes, ventosas são colocadas em seus mamilos inflamados, e o suco branco corre através de canaletas para um tanque gigantesco, de onde garrafas em esteiras são preenchidas. Um caminhão leva as garrafas até o supermercado, e pessoas geradas em proveta com um código genético perfeitamente manipulado compram o suco da vida não perecível, para com ele alimentar seus filhos criados em laboratórios.

Isso vai ser um problema de verdade, eu penso. O que é que eu posso comer em sã consciência? Como eu posso estar certo de que aquilo que eu coloco para dentro não vai, cedo ou tarde, me levar à morte? Eu reflito longamente e simulo todas as possibilidades: frutas e legumes de cultivo orgânico. Mas como eu posso saber se é realmente verdade o que o comerciante afirma? Além disso, eu não sei cozinhar, e comer tudo sempre cru... Não, isso eu também não quero. Penso então num serviço de entrega para pessoas idosas, que precisam de alimentos nutritivos. Mas aí eu já vejo os cozinheiros suados, com nicotina entre as unhas, descascando batatas e, por fim, o famigerado cabelo na sopa. Conservas, eu penso. Sim, conservas são padronizadas e feitas industrialmente. Elas sempre devem ter o mesmo gosto e toda produção é inspecionada.

Eu vou até ao armário da cozinha e pego uma lata que sobrou. Sopa de galinha. Leio a composição. Eu mais uma vez não entendo a metade e fico chocado quando descubro que em trezentos gramas de sopa há apenas três gramas de galinha. Como é que essa sopa ainda tem gosto de galinha? Como é que ela ainda merece o nome de sopa de galinha? Eu vejo homens em jalecos brancos num laboratório preenchendo provetas com um líquido incolor e colando nelas um rótulo com a inscrição "Sopa de galinha".

Isso também está fora, pois.

Eu finalmente chego à solução: comida para bebês. A comida para bebês certamente é submetida a controles extremos. Nunca que as mães deste mundo iriam permitir que seus filhos comessem algo sem que elas soubessem o que é.

Eu me visto para ir ao supermercado, mas, quando abro a porta, fico parado sob o caixilho. Não está chovendo e nem faz muito frio. A rua está tranquila. Muitos carros estacionados, nenhuma pessoa à vista. No todo, uma imagem pacífica, um mundo cor-de-rosa, mas eu não confio na paz. A tranquilidade me parece ameaçadora. Em algum lugar lá fora minha morte pode estar à espreita. Um acidente de carro, uma pessoa enlouquecida, um atentado terrorista, a queda de um avião. Eu me viro e olho para dentro da casa.

Somente agora tenho consciência de quantos perigos também estão à minha espreita aqui dentro. Um curto-circuito, e a casa se incendeia enquanto eu estou dormindo. Um ladrão, que está convencido de que a casa está vazia, me aceita como dano colateral. Preciso tornar a casa segura. E eu também preciso preparar um estoque de alimentos. Eu não vou facilitar tanto as coisas para você. Nem tanto.

No catálogo telefônico, eu encontro o número de uma firma de alarmes e sistemas de segurança, e ainda no mesmo dia um funcionário virá fazer uma inspeção. Quando ele perceber que o custo não é questão para mim, ele vai me impingir o pacote completo. Todas as janelas serão trocadas. Todas as fechaduras serão trocadas por fechaduras de segurança. A porta para o quarto do meu tio sob o teto será trocada por uma porta de aço blindada, que só pode se aberta pelo lado de fora com um código. Em toda a casa serão instalados sensores de movimentos. Eles estarão diretamente conectados com a firma de segurança e com a polícia e serão ligados quando eu fechar a porta do quarto do meu tio por dentro ou sair da casa, embora isso seja a última coisa que eu pretenda fazer. Além disso, será instalado um interfone com câmera, permitindo que do quarto lá de cima eu possa ver quem está à porta. Adicionalmente, serão instalados em toda a parte sensores de fumaça com extintores integrados, que podem apagar um eventual incêndio com uma espuma especial.

Quanto ao estoque de alimentos, isso é um pouco mais difícil. Eu calculo precisar, por dia, de pelo menos de cinco potes com 250 gramas de comida para bebê e dois litros de água. Para um ano, são ao todo 1820 potes de comida para bebê e 728 garrafas de água. Os comerciantes que eu contato através da lista telefônica não podem me ajudar. Eles estão perplexos com as quantidades e acham que um volume assim deve ser encomendado diretamente dos fabricantes. Eu ligo para uma empresa. A simpática atendente me explica que somente atacadistas podem pedir tais quantidades, porque eles já têm cadastro. Eu explico que eu não preciso abrir um cadastro, que quero somente uma entrega e que eu também não vou parcelar nada. Ela me pergunta meu nome, e de repente tudo fica bem fácil. Seu tom muda, ela tem uma conversa rápida com seu chefe e nós fazemos negócio. Quando o caminhão chega dois dias depois, eu já estou sem comer nada há três, e meu aparelho circulatório já me causa problemas sérios.

Por fim, todo o térreo está repleto de caixas e caixotes. Eu estou favoravelmente surpreso com a variedade abrangida pela minha encomenda. Há misturas temperadas, como espinafre com batatas, galinha e carne, legumes e arroz, macarrão com tomates e cenouras, até mesmo espaguete à bolonhesa, e coisas doces, como pêssego com maçã, morango com framboesa, pera e cereais e muito mais. Portanto, não vai me faltar diversidade.

Nos meses seguintes, eu aproveito os dias. A maior parte do tempo eu passo no quarto do meu tio e ouço música, como antes. A coleção dele é tão gigantesca que eu sempre descubro algo novo. Eu como quando eu tenho fome e durmo quando estou cansado. Duas vezes ao dia eu vou ao térreo para esquentar minha refeição e pegar o jornal. Eu me esqueci de fazer um estoque de papel higiênico, e quando não há nada que se aproveite na edição, ela vai direto para o banheiro. Mas o ponto alto do dia é quando eu encontro um necrológio novo que vale apena ser colado no meu caderno.

Eu ainda estou vivo!
Apesar do macabro obituário de ontem.
Dr. Albert
Clínico geral
Horário normal de consultas!

Meu caderno está cada vez mais cheio, e eu fico eufórico cada vez que eu o folheio.

Deus chamou hoje para junto a Si na Eternidade,
poucas semanas depois do passamento de sua devota esposa,
aos 95 anos de idade
nosso querido pai, avô, tio e tio-avô
Gregor S.

Mas meu necrológio indiscutivelmente predileto é tão perturbador quando bonito.

> Eu me mudei.
> Carl Franzen
> Meu novo endereço é:
> Fila das urnas 5175
> Cemitério Municipal
> Aguardo ansioso por sua visita

Eu estou novamente imaginando as várias situações que podem levar alguém a publicar anúncios como esses, quando ouço a campainha.

O monitor ao lado da porta do quarto liga.

Do lado de fora, no frio, está Josh.

O que será que ele quer de mim? Há meses ele sumiu de vista e não telefonou. Nem mesmo no meu aniversário ele deu notícias, sem falar nos rapazes. Só pode ser uma coisa: ele quer me levar para o julgamento. Eu vou ficar diante do tribunal e por fim serei preso.

Mas eu me recuso terminantemente. Eu não vou sair dessa casa.

Ele toca novamente a campainha. Eu estou diante do monitor e não reajo. Eu não estou aqui. Eu não estou aqui. Ele toca uma terceira vez. Não, eu não estou em casa. Você pode ficar em pé aí e apertar a campainha tanto tempo quanto quiser.

Daí finalmente ele se vira e vai embora. Meus membros relaxam. Eu me jogo na cama e espero até que minha pulsação tenha se acalmado de novo.

Eu vou ficar aqui em cima neste quarto. Eles não vão me pegar. Eu não vou deixar ninguém passar por esta porta. Se eles quiserem me pegar, terão então que derrubar as paredes.

Já é noite quando eu desço até a cozinha para esquentar a minha janta. Eu escolho o purê de batas com cenourinhas e carne orgânica, quando a campainha toca novamente.

Merda, há luzes acesas por toda a casa. É claro que eu estou em casa.

Eu subo até o meu quarto na ponta dos pés e checo o monitor. É Josh. De novo.

Ele toca a campainha. Dessa vez seguidamente. Ele sabe que eu estou em casa. O que eu devo fazer? Josh aperta de modo enérgico o botão da campainha. O barulho contínuo me deixa completamente louco, e eu por fim pego o interfone.

"Quem está aí?", eu pergunto com a certeza de que Josh não sabe que eu posso vê-lo.

"Mika, é o Josh."

Eu não respondo.

Depois de alguns segundos, ele pergunta: "Mika?".

"Sim", eu digo.

"E aí? Agora você vai abrir a porta para mim?"

"O que você quer, afinal?", eu pergunto.

"Eu tenho de falar com você."

Falar, claro. Falar. Eu não acredito em nenhuma palavra. "A gente também pode conversar assim", eu digo.

"Mika, está um frio danado, agora abra logo a porta."

Por que ele quer entrar aqui de qualquer jeito? Ele também poderia ter ligado. De repente eu entro em pânico.

Jimi Hendrix morreu aos 27 anos na manhã do dia 18 de setembro de 1970. Depois de ir a uma festa com a namorada Monika Danemann, ele a acompanhou até hotel dela em Londres. Segundo Monika, Hendrix teria tomado nove de seus comprimidos para dormir chamados Vesperax, embora a dosagem normal seja de meio comprimido. Monika afirma ter encontrado Hendrix inconsciente, e que ele ainda estava vivo quando ela foi com ele até o hospital. Mas os paramédicos alegaram que Hendrix já estava morto quando eles o encontraram sozinho na casa. A causa da morte que foi divulgada diz que Hendrix se sufocou em seu próprio vômito, basicamente constituído de vinho tinto. John Bannister, o médico de plantão que durante meia hora tentou, sem sucesso, trazer Hendrix de volta à vida, disse 39 anos depois que, do seu ponto de vista, podia ter sido assassinato. Segundo Bannister, o paciente extraordinariamente alto estava todo ensopado de vinho. Não somente os seus cabelos e sua camisa, mas também seu estômago e seus pulmões estavam cheios de vinho tinto. Jimi Hendrix estava afogado numa quantidade incrível de vinho tinto. Um *roadie* chamado James

"Tappy" Wright escreveu em seu livro que o empresário de Jimi Hendrix, Mike Jeffery, teria admitido na sua frente que havia mandado matar Hendrix porque ele queria romper o contrato entre os dois. Além disso, Hendrix tinha se tornado inconfiável por conta de seu crescente consumo de drogas. Além disso, supostamente Jeffery havia feito um seguro de vida para o guitarrista, de modo que ele tinha mais valor morto do que vivo.

É isso então que Josh pretende. Talvez ele também tenha feito um seguro de vida para mim. Ou ele quer somente ter certeza que eu vou entrar para o Clube. Ele vai ganhar uma boa grana com um roqueiro morto do Clube dos 27.

"Mika, você ainda está aí?", Josh pergunta.

"Eu não posso deixar você entrar", eu sussurro.

"Por que não? Tanto faz se você tiver arrumado a casa ou não."

Eu não digo nada. Ele quer me matar, com certeza. Eu fecho a porta para o quarto de cima e ouço o travamento. A lâmpada do alarme muda de verde para vermelho.

"Então está bem", diz Josh. "Trata-se do seguinte. Está me escutando, Mika?"

"Sim." Eu estou curioso para ver que tipo de mentiras ele vai falar, que pretexto ele vai usar para me tirar de casa.

"Nós lançamos o *single* na Europa. Você sabe, o cover do The Stooges."

Eu não entendo nada. Como pode ser, eu não cantei direito nem uma vez. Eles devem ter usado a gravação de voz que eu fiz para a checagem da altura do som.

"É um sucesso!", Josh diz, entusiasmado. "Nós fizemos um vídeo a partir de imagens de várias turnês, e a canção ficou imediatamente entre as três primeiras da parada em vários países."

Eu estou confuso. Por que as pessoas compram a música de um cantor que quase matou duas garotas inocentes?

"Mika, vamos logo, deixe-me entrar."

Ele não desiste. Acredita que vai me enganar com fama e homenagens, mas ele está no caminho errado.

Eu pergunto o que realmente me interessa. "O que foi feito do lance com as garotas?"

"Eu cuidei disso."

Cuidou? Meu Deus. O que ele fez? Eu vejo Josh pondo os corpos mortos das garotas em uma banheira e as cobrindo com ácido corrosivo. Depois que elas viraram uma massa, ele simplesmente tira o tampo do ralo e assiste ao desaparecimento delas no encanamento. Eu o vejo com uma serra, embalando as partes do corpo em pacotes e os enviando para diversos lugares no mundo. Provavelmente para sócios, com quem ele ainda tem contas a acertar. E daí eu o vejo com um guardanapo no pescoço, saboreando um menu de três pratos. Primeiro um pastel de miolos, depois um pedaço malpassado de carne humana e finalmente um globo ocular cristalizado.

"O que você fez?", eu pergunto, ofegante.

"Eu ofereci a elas um contrato para um disco", ele diz, com um orgulho indisfarçável em sua voz. Eu estou embasbacado.

"Elas demonstraram ser bastante talentosas", ele continua a explicar. "Quer dizer, não do ponto de vista musical, mas elas fazem um impactante show de lésbicas no palco, que rendeu a elas manchetes em todo canto. Como elas logo tiraram as acusações, a imprensa interpretou a história contigo como tentativa de ambas de chamar a atenção. Quando a tempestade passou, nós lançamos o *single* de vocês. A letra combina assustadoramente com a situação toda – e veja só, é um sucesso!"

Josh está genuinamente entusiasmado consigo mesmo. Ele resolveu a situação e até mesmo ganhou dinheiro.

"Mika, os rapazes querem te pedir desculpas. Eles querem que você volte e que tudo seja novamente como foi antes."

"Pedir desculpas", eu repito.

"Sim, eles sentem muito pelo modo como o trataram."

O que se pode achar disso? Desde aquele dia no estúdio nenhum dos rapazes entrou em contato comigo. Parece que pouco lhes importava como eu estava ou se eu sequer estava vivo. No meu aniversário de 27 anos ninguém apareceu para me jogar numa cela emborrachada ou me ajudar a me livrar da maldição, e agora eles enviam Josh para me dizer que eles querem se desculpar.

"Mika, há uma quantidade incrível de pedidos de shows, e os agentes me dizem o tempo todo que vocês têm de sair em turnê. Tudo já está pronto, todos estão nas posições de largada."

É isso. O sucesso não basta, é claro. Eles querem servir à máquina. E para isso precisam de mim. Sem a minha presença, a banda não existe. Sem a minha presença, eles não podem continuar. A fábrica paralisa. As esteiras ficam vazias, a expansão para.

"Mika, vamos, abra a porta."

Eu hesito por um instante. Ele então não quer me matar, e eu tampouco tenho de ir para a prisão. Mas eu não posso fazer o que ele me pede. Portanto eu digo: "Eu não posso".

"Como assim não pode? O que você pretende, afinal?" O pragmatismo com que o cérebro de Josh funciona me fascina, mas eu repito:

"Eu não posso."

"Mika, o que você quer dizer com isso? Me deixe entrar, daí podemos conversar sobre tudo com calma."

"Não", eu digo.

"Mika..."

"Agora vou desligar."

"Mika!"

Eu desligo o interfone. Josh permanece por um tempo diante da porta. Daí ele vai, mas de repente dá uma volta e se coloca de novo diante da porta. E assim ele fica mais um tanto, até finalmente partir.

Eu me deito na cama. Eu disse tudo o que deveria ser dito. Eu não posso mais e não quero mais. Eu imagino como teria reagido se fosse Victor que tivesse estado diante da porta em vez de Josh. Se ele tivesse me pedido desculpas. Se ele tivesse me dito que nossa amizade faz falta. Que ele também não sabe explicar o que aconteceu com ele. Por que motivo ele me viu sob uma perspectiva tão equivocada. Se ele tivesse me dito que sou ótimo cantor e tivesse se desculpado por não ter falado isso nem uma vez durante todo o tempo que passamos juntos. Que ele me entende. Que ele me ama.

Mas ele não veio. Ele não disse essas coisas. E de repente eu choro. Eu choro e não consigo mais parar. É sempre mais forte do que eu. Eu grito e me contorço. Eu choro porque acabou. Eu choro porque nunca voltará a ser como foi antes. Eu choro porque nunca mais serei quem eu fui uma vez. Eu havia sido, mas acabou. Acabou absoluta e irrevogavelmente.

Eu estou diante de uma construção pequena de um andar, com telhado plano. Sua forma me lembra muito uma imensa caixa de sapatos. Sobre a entrada, uma placa em neon cintila. CLUBE DOS 27 está escrito em letras vermelhas. Eu chego até a porta e a empurro, mas ela está trancada. Finalmente eu vejo o aviso:

> Somente para sócios
> Por favor, toque a campainha

Eu aperto o botão à direita da porta. Depois de ser inspecionado através do olho mágico, um homem vestido de preto abre e dá as boas-vindas formalmente. O estabelecimento é pequeno e está abarrotado. Ele é abafado e quente. Eu vou até o bar e peço um Jack Daniels com gelo. Porém quando eu ponho a mão no meu bolso, me dou conta de que não tenho dinheiro algum. "Me desculpe, mas eu estou sem grana!", eu grito sobre o balcão.

Mas o barman apenas dá um sorriso irônico e diz: "Para os aspirantes, é tudo de graça".

"Ah, obrigado!", eu digo.

Eu entendi apenas a palavra "de graça", e se é assim, hoje eu vou me embebedar novamente como manda o figurino.

De repente, uma confusão. Todos começam a xingar: "Ei, seu filho da puta!".

"Eu ainda preciso de minhas orelhas, seu punheteiro."

"Sim, sim, tudo bem, se acalmem, beleza?", o sujeito sobre o palco murmura no microfone. "Eu ainda estou um pouco fora de mim, falou?" Ele parece ter tomado umas boas. "Porque eu acabo, sabem... acabo de comer a minha mãe!"

Todos acham graça e berram.

"E meu pai... meu pai, aquele chupador de pau, ele teve de assistir."

Eu abro o caminho entre as pessoas berrando, para poder ver melhor o pequeno palco. O sujeito começa a gemer ao microfone. Esfrega sua calça de couro no suporte do microfone.

"E vocês sabem quem é meu pai?!", ele pergunta. "Vocês querem saber de que broxa eu estou falando?!"

Eu conheço o sujeito de algum lugar. Sua barriga salta para fora da calça. Enquanto ele toma um gole de vinho tinto, metade escorre em sua barba. Seus longos cabelos cacheados caem molhados sobre seus ombros. Ele parece um Jesus bêbado, acima do peso, quando ele abre os braços e grita bem alto no microfone: "Deus!".

Mais berros.

Com a voz monótona de um pregador, ele prossegue: "Pai, você pode me ouvir? Eu estou falando com você. Seu filho! Pai, você pode me ouvir?!".

De repente, um trovão alto, como se alguém batesse com toda força na bateria. O guitarrista se aproxima da luz enquanto toca seu *riff* de blues. Ele é alto e negro. Seu penteado faz com que ele pareça gigantesco. Ao levantar a cabeça, ele acaba vomitando nele mesmo. O vômito escorre em seu peito até a guitarra. Ele desliza os dedos sobre as cordas gosmentas de sua Stratocaster, enquanto continua a se emporcalhar com novas gofadas. De repente, eu o reconheço: é Jimi Hendrix, que está ali tocando em seu próprio vômito. O cantor grita de modo completamente inesperado no microfone.

"Yeahhh, I wanna fuck you, mother, and Yes, I wanna kill you, father!"

Daí ele joga para trás cabeça de um jeito teatral, e agora eu também o reconheço. É Jim Morrison. Porém não é o deus andrógino belíssimo, mas sim o profeta inchado, barbudo, que está lá em cima do palco. É assim que Jim Morrison deveria se parecer na época em que morreu. Eu olho ao meu redor. Num canto, há um casalzinho negro aos beijos. Eles estão cobertos de sangue, que purga de suas feridas recentes. Sobre o palco agora está uma baixista esguia, de cabelos escuros. Seu braço esquerdo está amarrado com um cinto, e em sua veia está espetada uma seringa cheia de sangue. Todos nesse recinto têm ferimentos ou estão completamente deformados, outros parecem estar delirando. A baixista no palco me parece conhecida. E de repente eu reconheço nela Kristin Pfaff, o caso de Kurt Cobain, a baixista do The Hole, que talvez tenha sido o motivo pelo qual Courtney levou seu marido a morrer. Eu observo o casalzinho que se beija mais de perto. Eles lambem um a ferida do outro, e de repente fica claro para mim que o sujeito no terno apertado deve ser Jess Belvin, e a companheira é sua mulher, Jo Ann, junto a quem ele morreu numa batida frontal com um carro que vinha de encontro do seu.

Um segundo guitarrista chega ao palco. Ele está nu e completamente molhado. Não para de escorrer água de seus cabelos loiros, molhando seu corpo. Sua tosse é pesada e ele cospe pequenas quantidades de água. Litros de água escorrem sem parar sobre seu corpo enquanto ele toca um solo. É como se ele estivesse de pé sob um chuveiro, mas a água parece surgir do nada. É Brian Jones, que havia se afogado em sua piscina.

Aos poucos percebo que estou cercado apenas por mortos. Tenho dificuldade de respirar, sinal de um iminente ataque de pânico. Tanto sangue e o espaço limitado. Eu me aperto entre as pessoas em direção ao banheiro. Do banheiro masculino fedorento vem um jovem loiro em minha direção. Quando ele sorri pra mim, um sangue escuro sai dos cantos de sua boca. Há uma arma em sua mão direita. Ao passar por ele, eu me viro e vejo que toda a parte de trás da cabeça está faltando. O crânio despedaçado permite que se veja o que resta de seu cérebro.

Na pia, eu deixo a água fria escorrer em minhas mãos para recuperar a circulação. Kurt Cobain. Aquele era Kurt Cobain, e este é o Clube dos 27. Então eu já estou morto? Eu já pertenço mesmo a ele? Eu lavo o meu rosto. Quando me ergo, olho para o espelho sobre a pia. Mas eu não me vejo. Tudo que eu vejo é a máquina de cigarros atrás, na parede. Se eu não vejo minha imagem no espelho, então eu tampouco estou aqui, eu penso.

Eu acordo banhado de suor.

No escuro, eu vou até o banheiro que havia sido instalado para o meu tio perto do quarto. Eu acendo a luz sobre o espelho. Foi apenas um sonho, eu digo a mim mesmo. Foi apenas um sonho. Eu estou aqui. Eu ainda estou aqui. Ainda estou aqui. Lá do outro lado, na terra dos heróis, no Clube dos Grandes, eu era apenas um convidado.

O que está acontecendo comigo? Tudo que eu queria era ser alguém. Eu queria ser inesquecível. Entrar para a eternidade. Por que então eu estou correndo disso? Por que eu estou me entrincheirando aqui, comendo papa de bebê e fugindo do inevitável? Por que eu simplesmente não desisto? Meu futuro está escrito. Meu lugar neste mundo é claro, por que eu fico atrasando as coisas artificialmente?

Eu tenho medo. Medo da morte. Mas ela vai vir. De uma forma ou de outra. E em breve, por sinal. Eu quero morrer esquecido na cama do meu tio? Eu quero ser alguém que viveu somente por certo tempo? Não, eu quero ser imortal, e entrar no Clube fará de mim imortal. Eu vou pertencer a ele para todo o sempre. Eu vou ficar com Jimi Hendrix e Jim Morrison no palco. O holofote vai acariciar minhas feridas. Eu serei parte do infinito. Parte do universo. Serei parte dos livros de histórias das futuras gerações. Eu terei sido e, sim, eu quero ter sido.

Minha decisão está tomada.

Chega de medo.

Chega de sonhos.

Eu vou tornar realidade.

Mas como? Eu reflito. Como eu vou fazer isso? Eu quero ter uma morte pacífica e definitiva. Eu não quero me atirar da janela e passar o resto da minha vida paraplégico, preso a uma cadeira de rodas. Eu não quero pular diante de um trem e colocar a vida de outras pessoas em perigo. Acima de tudo eu não quero ficar deitado deformado no caixão. O mundo deve poder me manter na lembrança assim como ele me conheceu.

Eu vou para o quarto da minha mãe. No banheiro, eu abro o armário de remédios. Minha mãe é médica e sua rotina brutal só era suportável com a ajuda de diversas pílulas. Eu descubro vários medicamentos pesados. Antidepressivos, analgésicos, anticoagulantes, tudo que a cabeça doente cobiça. Eu engulo as pílulas.

Mas o que acontece se mesmo a dose inteira não bastar? O que acontece se eu tiver de vomitar e sobreviver, fortemente intoxicado? Não temos armas de fogo em casa, disso eu sei. Além do mais, uma morte assim só é garantida com uma bala na cabeça, e eu não quero que minha mãe tenha essa visão.

Como eles vão acabar me achando? Talvez eu já esteja em decomposição até que alguém tenha a ideia de arrombar a porta. O fedor seria insuportável. O corpo seria uma coisa qualquer para a qual é impossível olhar.

Eu tenho de fazer com que a posteridade saiba que algo aconteceu comigo.

Já clareou quando eu entro na cozinha. Eu pego o jornal na mesa, folheio e ligo para o número que aparece embaixo na página. Uma mensagem gravada diz:

"Bom dia. Você ligou para o setor de classificados. Por favor, diga em que categoria você gostaria que seu anúncio aparecesse. Digite 1, se é uma empresa e gostaria de fazer um anúncio publicitário; 2, se é pessoa física e quer publicar algo; 3, se gostaria de encontrar um parceiro; 4, se precisa publicar um obituário; 5, para outras opções."

Eu digito o 4 no telefone.

"Em breve, você será atendido por um de nossos funcionários."

Toca uma música melodiosa de órgão. Provavelmente eles querem saber a categoria do anúncio para ajustar a música de espera certa. Quando se procura um parceiro, talvez eles toquem "All you need is love", e seria realmente macabro ouvir essa canção quando foi justamente uma pessoa querida que morreu.

Uma mulher fala do outro lado da linha.

"Bom...", ela tosse, "dia." Ela tosse novamente e forte. Trinta anos de Marlboro parecem fazer uma festa em seus pulmões. Ela sufoca o ataque de tosse com um grande gole. Provavelmente café filtrado puro, para poder eliminar os sinais de cansaço da nicotina.

"Desculpe-me", ela pigarreia. "Meu nome é Rosa."

Rosa. Imediatamente eu vejo o interior de seu pulmão, em que o rosa original aparece apenas em poucos pontos através da parede forrada de alcatrão.

"O senhor gostaria de publicar um necrológio. Por favor, diga-me o nome da pessoa que faleceu."

Eu engulo em seco. Na verdade, ele ainda não está morto, eu penso, mas aí eu me lembro do anúncio de Carl Franzen e dou risada. "Mika", eu digo.

"Mika, M, I, K, A, certo?"

"Certo."

"E o sobrenome?"

"Ele não deve ser mencionado."

"Bem. Qual a data do falecimento?"

"Hoje", eu digo.

Ela volta a tossir alto, mas dessa vez ela se acalma rapidamente de novo.

"O senhor tem cento e cinquenta caracteres ou trinta palavras para seu texto, mas fique tranquilo, eu calculo para o senhor."

Ela parece estar seguindo um roteiro, mas ainda assim é cordial, leva jeito para a coisa. Ela entendeu o princípio dos anúncios. Mesmo quando você faz isso todos os dias, é preciso passar a impressão de que não está trabalhando no automático.

"Bem, como é o texto? Eu vou anotá-lo", diz Rosa.

Estou tenso. Nunca ainda havia pensado no que eu realmente queria dizer. Ele não pode ser muito codificado, nem tampouco muito óbvio, além disso eu não quero que o texto seja um daqueles que vão parar em meu próprio caderno por conta de um humor involuntário. Tem de ser um enigma decifrável. E novamente eu me lembro do grande destaque da minha coleção, o anúncio de Carl Franzen.

"Anote aí", eu digo. "Sua voz não vai se perder, mesmo que as cortinas se cerrem muito antes do tempo. Quando nós o procurarmos, saberemos onde encontrá-lo: no Clube dos 27."

"Certo", diz Rosa, depois de terminar de digitar, "são exatamente vinte e sete palavras e cento e vinte e cinco caracteres. Eu vou repetir: 'Sua voz....'"

Enquanto Rosa lê, eu penso: 27 palavras e 125 caracteres; é, dá certo. 1 x 2 são 2, e 2 + 5 são 7. Cheguei aos 27.

"'...no Clube dos 27', está certo?"

"Não, espere aí", eu digo. "Escreva apenas: 'Mika, você conseguiu, você já participa dele.'"

"Devo escrever 'Mika' novamente, ou basta que o nome apareça no alto?"

"Sim, basta", eu me corrijo.

"Portanto, agora são apenas sete palavras e trinta e oito caracteres", diz Rosa.

Oito é bom, penso. E 38, ou seja, três e oito, são respectivamente apenas um número acima de dois e sete, portanto 27.

"Sim, está bom assim", eu digo, contente.

"O senhor gostaria de inserir um sinal gráfico?"
"Não."
"O senhor gostaria de usar determinado tipo de letra?"
"Apenas algo clássico, que chame menos atenção."
"Certo, vou repetir mais uma vez: 'Mika, você conseguiu, você já participa dele.'"
Enquanto ela lê as palavras em voz alta, um calafrio me percorre a espinha. Eu consegui lá. Eu participo dele.
"Sim", eu digo.
"Certo", Rosa tosse. "Como o senhor gostaria de pagar? O senhor é assinante?"
"Sim, eu sou."
"O senhor poderia me dizer o seu número de assinante?"
Eu apanho o jornal e leio o número na etiqueta.
"Muito obrigado, seu anúncio será publicado na edição de amanhã. Meus sinceros sentimentos", diz Rosa, convincentemente solidária.
"Obrigado", eu digo e desligo.
Pois bem, essa tarefa foi concluída. Agora eu tenho apenas 24 horas para entrar no Clube dos 27, antes de o jornal sair.
No fundo, meu plano sempre foi claro. Eu tinha apenas muito medo de levá-lo a sério.
Eu volto para o quarto do meu tio, abro um armário depois do outro e escolho alguns discos. Depois eu os empilho ao lado do toca-discos, tiro o primeiro da embalagem e coloco a agulha sobre seus sulcos.
Jim Morrison tem de cantar a primeira e a última canção pra mim.
Eu me deito na cama, mas quando o baixo de "Light my fire" estremece o quarto, eu não consigo fazer outra coisa senão me levantar e dançar. Eu rodopio e pulo. Quando a música acaba, eu me jogo no chão completamente sem fôlego, ao lado do toca-discos. Eu pego o próximo disco e toco "Crossroads" de Robert Johnson. Eu me balanço para lá e para cá e acompanho, cantando, a letra.

> I went down to the crossroad,
> fell down on my knees,
> asked the Lord above "Have mercy now,
> save poor Bob if you please".

E no fim:

> I went to the crossroad, baby,
> I looked east and west
> Lord, I didn't have no sweet woman
> Ooh-well babe, in my distress.

"Mas que verdade!", eu grito.

Eu olhei. A vida. À esquerda e à direita, até mesmo atrás e à minha frente: eu olhei tudo e eu me decidi. Eu decidi que caminho eu quero seguir.

Em seguida, eu toco "You can't always get what you want" dos Rolling Stones, e novamente eu não consigo controlar as pernas. Eu rodopio fazendo um aviãozinho com os braços. Eu voo através da canção. Quando o balanço começa, eu danço. Eu rio. Eu estou feliz.

> You can't always get what you want
> You can't always get what you want
> But if you try sometimes.

Eu grito: "You get what you need!".

O próximo da pilha é o Nirvana.

Eu não ponho para tocar nenhum dos sucessos, e sim a versão cover de "Seasons in the sun". Kurt Cobain mudou a letra um pouco. Ele canta:

> Goodbye my friend, it's hard to die
> When all the birds are singing in the sky
> And all the flowers are everywhere
> Think of me and I'll be there.

Mas nesta versão diletante, ele canta o refrão exatamente como o original:

> We had joy, we had fun,
> We had seasons in the sun

> But the hills that we climbed
> Were just seasons out of time.

É impossível não me lembrar dos ótimos tempos que pude passar com os rapazes. Do contentamento. Da diversão.

Depois de mais algumas canções dos membros do Clube dos 27, eu chego finalmente a "Goodnight my love", de Jesse Blevin. Na metade da estrofe, eu penso em Clara:

> Before you go,
> There's just one thing I'd like to know.
> If your love is still warm for me,
> Or has it grown cold?

Eu ainda a amo.

Não há um dia nem uma hora em que não houvesse pensado nela. Mas como ela poderia ter amado alguém como eu? Eu gostaria de dizer a ela o que Jesse diz no refrão:

> If you should awake in the still of the night.
> Please have no fears.
> For I'll be there, you know I care,
> Please give your love to me, dear, only.

Eu sempre estarei ao seu lado, mesmo seu eu deixar este mundo em breve.

Essa canção também já vai terminar e eu coloco o disco seguinte. Janis Joplin canta:

> Cry baby, cry baby, cry baby.

É como se ela estivesse falando pela minha alma. Eu me recosto em seus ombros e choro, choro, choro.

> You can go all around the world
> Trying to find something to do with your life, babe
> When you only gotta do one thing well,
> You only gotta do one thing well to make it in this world, babe.
> You got a woman waiting for you there
> All you ever gotta do is be a good man one time to one woman
> And that'll be the end of the road, babe.

Talvez ela tenha razão. Talvez eu tenha estado em busca da coisa errada. Eu estava tão fixado em mim e minha vida. Queria ser maior do que eu sou. Mas talvez minha única missão neste mundo fosse amar essa garota. E eu faço isso. Mesmo quando eu estou sozinho e esse é o fim do caminho.

Janis põe minha dor para fora gritando. Eu grito com ela e quase não consigo respirar de tantas lágrimas, mas este é sem dúvida o fim do caminho. Eu não estive em condições de fazer nem essa coisa da maneira correta.

> All you ever gotta do is be a good man
> one time to one woman
> And that'll be the end of the road, babe.

Através da pequena janela sobre o leito de morte de meu tio vejo que o sol já está nascendo de novo.

É chegada a hora. Não há caminho de volta.

Eu revolvo a pilha de discos em busca do álbum que havia escolhido para esse momento. O primeiro álbum do The Doors, que eles batizaram com seu próprio nome. Foi o primeiro álbum que eu coloquei há quase dez anos, no dia do começo do fim da minha vida. A voz de Jim despertou alguém em mim que eu não conhecia, e agora ele também deve ser o último a cantar para mim. E, por sinal, "The end". Originalmente Jim escreveu uma canção sobre o fim de seu amor dos tempos da escola, mas depois de inúmeras apresentações ao vivo a canção evoluiu para a versão de doze minutos que aparece no álbum, e ela significa o fim de um tipo de infância. Eu acho que canção deve significar algo parecido para mim. O fim da minha jovem vida.

Eu vou até o banheiro e encho a banheira. Eu não quero sentir muito rápido o frio do sangue que se esvai. Eu pego duas pílulas de cada uma das várias caixas que eu havia guardado no banheiro de minha mãe e as coloco para dentro. Eu espero que elas me ajudem. Que tornem as coisas mais fáceis para mim.

Em seguida, eu faço a barba. Depois, eu volto para o toca-discos e coloco o segundo lado do disco com o som no volume máximo. O lado começa com "Backdoor man". A casa toda estremece com o balanço arrastado, enquanto eu volto para o banheiro. Eu me olho no espelho enquanto tiro a roupa. Eu perdi muito peso. Se eu não levar em conta minha altura e ignorar os círculos profundamente negros sob meus olhos, eu pareço um garotinho. O garotinho de antigamente.

A canção seguinte começa. Jim canta:

> I looked at you
> You looked at me
> I smiled at you
> You smiled at me
>
> And we're on our way
> No we can't turn back
> Yeah, we're on our way
> And we can't turn back
> 'Cause it's too late
> Too late, too late
> Too late, too late.

Sim, é tarde demais, não há caminho de volta.

Eu vou até a banheira e fecho a torneira. Primeiro eu mergulho meu pé direito na água. O calor o atravessa como fogo. Daí eu me deito na banheira e o fogo queima meu corpo todo. Eu não sei há quanto tempo estou sem tomar banho, então eu passo xampu no cabelo e sabonete no corpo, enquanto escuto a canção seguinte no disco:

> Take the highway to the end of the night
> End of the night
> End of the night
> Take a journey to the bright midnight
> End of the night
> End of the night.

Eu pego a lâmina de barbear do meu tio, que eu havia colocado na borda da banheira, e a abro, passando os dedos sobre o fio. Ainda está afiada. A água ficou de um branco leitoso por conta do sabonete e do xampu. Eu escorrego e mergulho minha cabeça. Escuto somente as frequências graves da canção seguinte, o que também é bom. Pois pouco antes do fim do disco, Jim vai novamente dar um conselho positivo com "Take it as it comes":

> Take it easy, baby
> Take it as it comes
> Don't move too fast
> And you want your love to last
> Oh, you've been movin' much too fast.

Eu não quero ouvir isso agora e provavelmente em nenhuma outra situação, portanto eu fico com os ouvidos debaixo d'água, até que a canção acabe. Quando "The end" começa, por fim, eu não hesito por muito tempo. Já durante a introdução, eu posiciono a lâmina sobre meu pulso esquerdo. É preciso que eu me supere, mas depois que Jim canta os primeiros versos,

> This is the end
> Beautiful friend,

eu reúno toda minha coragem, deixo a lâmina penetrar na pele e faço um corte de dez centímetros ao longo do meu braço. Longitudinal, é claro, eu não tenho vontade de entrar para os livros de história como um idiota.

O sangue jorra de dentro de mim, como se ele estivesse feliz por, finalmente, depois de 27 anos, chegar ao ar fresco. Parece que eu dei um golpe certeiro. O suco da vida vermelho jorra em pequenas fontes do meu braço. Meu coração bombeia bravamente o sangue para fora da abertura. Eu não quero assistir a isso, coloco o braço debaixo da água e observo como meu sangue colore de vermelho a água leitosa. Essas nuvens vermelhas que se espalham no mar branco são bonitas.

Eu penso em Clara e nossa foto na banheira. Eu queria que ela estivesse agora deitada à minha frente, mas eu estou sozinho, e a vida escorre devagar, porém decidida, de meu corpo.

Eu me recomponho e pego a lâmina com a outra mão. Preciso agir agora antes que fique muito fraco. Mas minha mão treme. Ela não obedece à minha vontade. Eu tento colocar a lâmina sobre meu braço não ferido, mas minha mão faz movimentos incontroláveis. Mika, concentre-se. Você tem agora que dar um fim nisso.

De repente eu ouço uma voz: "Mika", ela diz.

"Mika."

"O que... quem está aí? Lennart, é você?"

"Sim, Mika, sou eu." Ela soa como se estivesse num mundo distante.

"Lennart." Eu começo a chorar de novo. "Onde você estava, Lennart?"

"Eu estive aqui, Mika, como havia prometido. Eu sempre estive ao seu lado."

"Lennart", eu soluço, "que bom que eu posso dizer adeus a você."

"Mika, você está diante de uma porta, e você está olhando através dela, mas o que você vê não é o seu mundo."

"É tarde demais", eu digo.

"Não é tarde demais, acabou de começar agora."

"Lennart, estou com medo!"

"Eu sei, Mika. Você tem medo. Você sempre teve medo. Mas esse medo te manteve vivo. Ele tornou você ativo. Seu medo da morte tornou você imortal. E agora, Mika, veja só o que você está fazendo."

Eu olho para baixo. A antes branca água está pintada de vermelho-claro. Minha pele está ficando fria.

"Mika, você não precisa ter medo. Você não tem culpa. Mika, você não tem culpa. Não é sua culpa."

"Não é minha culpa, não é minha culpa, não é minha culpa, não é, não é, não é minha, não é minha culpa."

"Certo, meu amigo, você entendeu."

Tudo se rompe em mim. Eu entendi, mas agora é tarde demais.

"Mika, não entre por essa porta. Não atravesse essa porta. Não vá..."

A voz de Lennart desaparece na música.

"Lennart!", eu chamo. "Lennart?" Eu olho ao meu redor. "Lennart, você ainda está aí?"

Nenhuma resposta.

Eu percebo que estou ficando tonto. A música soa bem distante. E, de repente, ela acaba. A canção acaba e o silêncio permite que eu escute o meu coração. Ele bate forte. Tenta deixar escorrer o máximo de sangue possível de minhas veias. A água parece gelada. Eu estou congelando.

Eu não suporto mais. Tenho de sair. Sair da banheira, para fora da água. Eu tento me levantar, mas eu estou muito fraco. Quando eu caio da borda da banheira, o sangue escorre do ferimento para os azulejos no piso. Eu não suporto isso. A vida está sumindo. Eu estou sumindo dessa vida. Eu nunca mais vou rever Clara.

Eu reúno todas minhas forças e saio da banheira. Eu escorrego e caio no chão. Minha cabeça bate com um barulho abafado sobre os azulejos. Eu levanto meus braços e coloco minha mão direita sobre o ferimento, tentando fechá-lo. O sangue para de brotar. Somente algumas gotas escorrem pelos meus dedos lentamente. Eu sinto minha pulsação. Ela está cada vez mais lenta. Eu não tenho mais muito tempo. Eu tenho de fazer alguma coisa – agora. Eu não tenho culpa. Eu não quero atravessar essa porta.

Eu estou deitado na banheira de meu tio, e no canto há um pequeno armário de remédios. Eu posso alcançá-lo com o braço, mas se eu estender meu braço vou perder ainda mais sangue. Porém eu não tenho alternativa. Eu abro o armário. Enquanto mantenho meu braço ferido erguido, apanho um pacote de faixas para curativos e o abro com os dentes. Eu pego uma toalha, coloco sobre o ferimento e começo a enfaixar meu antebraço da maneira mais firme possível, até o pulso. Depois de terminado, eu observo meu braço erguendo-se branco em direção ao teto. Eu não tenho certeza do que acabo de fazer. Se eu vou sobreviver. Eu me lembro das pílulas que engoli. Penso em todo sangue que eu perdi. Daí eu percebo como minha circulação lentamente volta ao normal e desmaio.

Acordei.

Onde estou?

Num quarto de hotel qualquer.

Eu devo ter adormecido no chão do banheiro.

Tudo me dói.

Azulejos não são necessariamente o lugar certo para o repouso noturno. Que será que eu fiz, o que eu tomei para adormecer em frente à banheira. Eu me levanto. Você deve ter aprontado uma das boas, eu penso. Nem sequer consegue sentar direito. Tudo gira à minha volta. Não consigo enxergar claramente e procuro a placa com o aviso "Nós cuidamos do meio ambiente", mas não encontro nenhuma. Daí meu olhar se volta para a banheira ao meu lado. Ela está cheia, mas a água tem um tom claro de vermelho. Somente agora eu descubro meu braço enfaixado, e de repente todas as lembranças voltam. Eu tentei me matar. Quase me esvaí em sangue.

A faixa ficou vermelha em alguns pontos. O pacote ainda está ao meu lado. Eu resolvo colocar mais uma camada de gaze. Eu me sinto como se tivesse tido uma noite regada a muitas drogas. Como se cocaína e álcool estivessem travando um duelo em minha circulação, mas dessa vez nenhuma garota bonita espera por mim na cama.

Eu não sei de quanto tempo eu preciso para me arrastar para fora do banheiro. Nem cogito me levantar, e logo após alguns metros eu preciso descansar; acabo adormecendo de exaustão.

Quando acordo, decido que tenho de chegar até a cama. O toca-discos, cujo braço percorre o vinil até o fim repetidas vezes, com o volume no máximo, conta para mim os segundos, minutos, horas, de que eu preciso para percorrer o caminho. Felizmente o toca-discos está perto da cama, e ao fim da minha viagem preciso somente de mover a mão para apertar o botão de liga/desliga e mergulhar o recinto num silêncio definitivo.

Eu perdi a noção do tempo. Estou delirando. Eu minha cabeça, dois pensamentos não param de girar um ao redor outro: Clara e eu não quero morrer. Clara. Eu não quero morrer. Clara. Eu não quero morrer...

Nos primeiros dias, eu não tenho condições de comer ou beber qualquer coisa. Mesmo quando eu consigo ficar acordado pelo menos por algumas horas, eu estou tão fraco que me parece impossível descer as escadas e pegar alguma coisa dos alimentos estocados no térreo. Eu estou fraco até mesmo para ir ao banheiro, por isso uso as garrafas de água vazias que eu deixei em torno da minha cama para me aliviar. Meu intestino felizmente desistiu de suas tarefas por conta própria; afinal, nos últimos meses ele recebeu apenas coisas pastosas para digerir.

Tenho dificuldade de respirar.

Até mesmo abrir os olhos é um esforço monstruoso. Os poucos momentos em que estou acordado eu me pergunto quem eu sou. Sonho e realidade se tornaram um só.

Uma tempestade que parece não querer ter fim arranha minha consciência. Sinto que ela está desabando diretamente sobre mim. O trovão soa como se ele quisesse derrubar as paredes. Daí de repente o silêncio.

    Eu ouço a voz dela, ela diz meu nome.

    "Mika."

    É a voz dela.

    Eu quase não consigo entendê-la. Mas é a voz dela.

    "Mika", diz Clara, baixinho. "Mika, você conseguiu."

    Eu a ouço rir, mas sua voz está trêmula.

    "Mika, é seu aniversário. Você conseguiu."

    Ela parece estar chorando.

    "Agora não há nada mais para ter medo. Você não faz parte do clube."

Sobre o autor e o tradutor

Kim Frank nasceu em 1982, em Flensburg, Alemanha. Entre 1994 e 2002 foi vocalista e líder da banda Echt (vencedora do Prêmio Bambi, o mais antigo da mídia alemã). Após a separação da banda, passou a trabalhar como ator e locutor, e em 2007 lançou um álbum solo. Kim Frank mora em Hamburgo, fotografa e faz videoclipes musicais. Ele tinha 27 anos quando escreveu seu romance de estreia.

Eduardo Simões nasceu em 1969, em Salvador (BA), e formou-se em comunicação social pela Universidade Federal da Bahia. Em 1998 especializou-se em jornalismo impresso na UniverCidade, no Rio de Janeiro (RJ). Em 2001 estagiou no jornal *Taz*, de Berlim, Alemanha, como parte do intercâmbio do Internationale Journalisten Programme. Entre 1999 e 2005 foi repórter de cultura do "Segundo Caderno" do jornal *O Globo*. Foi repórter de livros da "Ilustrada", caderno de cultura da *Folha de S.Paulo*. Em 2006 colaborou no livro *Brasil contemporâneo: crônicas de um país incógnito*, com um artigo sobre a "Geração oo" da literatura brasileira. Foi assistente cultural do Goethe Institut de São Paulo.

Este livro, composto com tipografia Garamond Premier Pro e diagramado pela Alaúde Editorial Limitada, foi impresso em papel Chamois Fine Dunas oitenta gramas pela Editora Gráfica Bernardi Limitada (EGB) no quinquagésimo sétimo ano da publicação de *As portas da percepção*, de Aldous Huxley. São Paulo, outubro de dois mil e onze.